KB045846

뭐, 딱히 상관없습니다만……

Well, it's okay, but...

재의 마녀 일레이나

마법사 최고위인 「마녀」의
칭호를 가진 소녀.
광대한 세계를 떠돌아다니며
혼자 여행을 만끽하는 중.

Azure

할베리

「화원의 테오메이안에서 만들어진 마법 인형.

©Azure

오로넬라

인간 나라를 여행 중인 흡혈귀.

퍼핏 탐정

교수(오른손)와 조수 군(왼손) 퍼핏을 장착한 탐정.

……기억해두겠습니다.

그럼, 이만 작별이네요.

그리고 그녀는 폐기물 처리장에서 한 걸음, 내디뎠습니다.

미지의 영역으로, 한 발짝 들어서던 것입니다.

©Azure

마녀의 여행 11
THE JOURNEY OF ELAINA
CONTENTS

제1장	고급 레스토랑 피투성이 사건	003
제2장	주목과 칭찬	041
제3장	그저 맛있는 고기를 먹고 싶을 뿐인 이야기	053
제4장	새가 춤추는 집	093
제5장	달밤의 흡혈귀	115
제6장	짐승	173
제7장	잡동사니 왕녀	195

©Azure

마녀의 여행

THE JOURNEY OF ELAINA

11

Shiraishi Jougi
시라이시 죠우기

———◆———

Illustration
아즈루

커버 및 본문 일러스트 아즈루

"꺄아아아아아아아아아아아악!"

한 나라의 레스토랑에 비명이 메아리쳤습니다. 그러나 가게 안에 있던 사람 중 누구 하나도 그녀의 비통한 외침에 반응하지 않았습니다.

그 순간 가게 안의 불빛이 전부 꺼지고, 경쾌한 음악과 함께 케이크가 창가 자리의 커플에게 서빙되고 있었기 때문입니다.

사귄 지 딱 1년이 되는 기념일을 나라 안에서도 세 손가락 안에 들까 말까 한다고 일컬어지는 고급 레스토랑에서 보내는 행복한 커플에게 가게 안 사람들은 따뜻한 박수를 보내고 있었습니다. 저를 포함해 가게 안에 있던 모두는 두 사람의 행복한 한때에 우연히 함께하게 되었을 뿐이지만, 그래도 박수 속에 담긴 것은 틀림없는 축복이었다고 생각합니다.

아무튼, 그런 연유로, 저를 포함해 가게 안에 있던 모두가 여성의 비명을 누군가가 몹시 감격한 나머지 환희에 차서 지른 소리라고 믿었던 것입니다.

그러나 원래대로라면 저희는 비명이 들린 시점에서 의문을 품어야만 했습니다.

그 목소리는 케이크가 서빙되는 창가 자리보다도 훨씬 뒤쪽.

가게 안쪽에서 들려왔으니까요.

초의 불빛이 일렁일렁 흔들리며 케이크가 커플의 테이블에 놓이고 따뜻한 박수가 한층 더 크게 울린 후, 가게 안에 다시 불빛이 밝혀졌습니다.

축복받은 창가의 두 사람과는 전혀 다르게, 가게 안쪽에서 무언가 불온한 기척이 느껴졌습니다. 그래서 저는 저녁 식사 후식인 찻잔을 손에 들며 뒤를 돌아보았습니다. 그리고.

"정말입니까……?"

흠칫했습니다.

너무나도 큰 충격을 받아 찻잔을 떨어뜨릴 뻔할 정도였습니다.

가게 안쪽은 축하하는 분위기와는 동떨어진 처참한 현장이 되어 있었던 것입니다.

바닥에 쓰러진 것은 아름다운 여성. 하얀 드레스는 붉게 물들어 있었고, 별 세 개 레스토랑의 상당히 비싸 보이는 카펫에도 마찬가지로 붉은 얼룩이 조금씩 번지며 침식해가고 있었습니다.

저희는 그때가 되어서야 겨우 알았습니다.

저희가 아주아주 성가신 사태에 우연히 휩쓸리게 되고 말았다는 사실을.

○

"누군가가 나를 뒤에서 끌어안더니 가슴을 만졌어!"

바닥에 쓰러져 있던 그녀는 일어나 그런 말을 했습니다.

"…………."

그 여성은 평범하게 살아 있었습니다.

어둠 속에서 알 수 없는 누군가가 자신의 몸을 만진 것이 몹시 견디기 힘들었는지, 그녀의 입술은 굳게 다물어졌고 뺨은 뾰로통했고 화장한 얼굴은 분노에 물들어 있었습니다.

　붉게 물든 옷과 카펫의 중심에서 화를 내는 그녀의 모습은 몹시 이상해 보인다고밖에 말할 수 없었고, 가게에 있던 사람들은 모조리 모여들었습니다. 물론 저도 예외는 아니었습니다.

　하지만, 그즈음에 깨달았습니다. 그녀를 적신 붉은 액체는 피 같은 게 아니었습니다.

　"……술내 나."

　술이었습니다.

　자세히 보니 카펫 위에 와인병이 굴러다니고 있었습니다. 술 냄새가 납니다.

　"아! 누가 나한테 냄새난다고 했어! 나는 피해자인데!"

　그녀는 울었습니다.

　피해자인 여성에게 배려라고는 눈곱만큼도 없는 그러한 발언을 해버린 인물은 대체 누구일까요?

　그렇습니다. 저입니다.

　"온몸에 묻은 그거, 레드 와인인가요?"

　저는 마치 조금 전의 실언 따위는 없었던 일인 양 태연한 얼굴을 하고서 그녀를 둘러싼 채 술렁이는 무리 속을 헤치고 들어가 웅크려 앉았습니다. 카펫에 퍼진 자국을 만져보니 손가락에 붉은 액체가 묻어났습니다.

　냄새를 맡아보니 역시 와인 냄새가 났습니다.

"레드 와인이야! 보면 알잖아! 내가 누구인 줄 아는 거야!"

"저와 당신은 처음 보는 사이일 텐데요……?"

이름도 모르는지라 일단은 그녀를 와인 씨라 부르기로 하지요. 와인 범벅이기도 하고요.

상황을 정리해보겠습니다.

커플을 축하하기 위해 고급 레스토랑의 불빛이 꺼진 직후에 여성의 비명이 터져 나왔고, 불빛이 밝혀졌을 때 레드 와인투성이인 여성(와인 씨)이 바닥에 쓰러져 있었다. 게다가 그녀는 어둠 속에서 누군가가 자신의 가슴을 만졌다고 증언하고 있다. 과연, 그렇군요.

"이건 범죄의 냄새가 나는군요……."

제 뒤쪽에서 점원분이 조용하게 다소 의기양양한 표정으로 중얼거렸습니다.

현 단계에서는 와인 냄새밖에 안 납니다만?

"이거 곤란한데……."

그녀를 둘러싼 무리 속에서 한 남성이 미간을 찌푸리고 있었습니다. 점장님입니다.

"이 카펫은 오래된 고급품입니다. 이렇게 더럽혔으니 변상을 받아야만 하겠어요……."

그건 분명 곤란하군요.

"이거 곤란한데……."

그리고 그녀를 둘러싼 무리 속에서 또 한 사람의 남성이 목소리를 냈습니다. 창가 자리의 남자 친구 씨입니다.

"소동이 벌어진 탓에 기념일이 엉망이 됐어…… 아까 그 케이크값, 무료로 해주겠어?"

소동에 편승해서 댁은 무슨 말을 하는 겁니까?

"이거 곤란한데……."

그리고 또다시 목소리를 낸 사람이 있었습니다. 나무통 같은 체구에 땀 범벅인 남성이었습니다.

"모처럼의 저녁 식사가 차려졌는데 사건 현장에 구속된 탓에 식어버리잖아……."

그럼 혼자 마음대로 먹고 있으면 되지 않습니까?

슬프게도 와인 씨 주변에는 제대로 된 남성이 없었습니다.

"너무해! 남자는 언제나 그래! 언제나 자신만 알잖아! 남자 따위 이제 싫어!"

그러한 연유로 그녀는 제법 스케일이 큰 대사를 내뱉으며 울었습니다.

그러던 때였습니다.

"흐음흐음. 조수 군, 이건 아무래도 범죄의 냄새가 나는군."

"그러네요. 교수님."

어디선가 목소리가 울렸습니다. 한쪽은 매우 침착한 성인 여성의 목소리. 다른 한쪽은 어딘가 소녀다움이 느껴지는 여자아이의 목소리——였습니다만, 어째서인지 제게는 그 두 사람의 목소리가 동일 인물의 것으로만 들렸습니다.

마치 한 사람이 두 사람분의 역할을 연기하는 듯한, 몹시 비슷한 목소리가 둘.

뒤돌아보니 와인 씨를 둘러싼 무리에서 조금 떨어진 곳에 한 여성이 있었습니다.

"…………"

외모상으로는 20대 중반 정도로 보였습니다. 옅은 갈색 머리카락 위에는 헌팅캡이 씌워져 있었습니다. 몸을 감싸고 있는 것은 길이가 상당히 긴 트렌치코트. 어디를 어찌 보아도 탐정 룩 같은 복장을 한 그녀의 양손에는 어째선지 퍼핏이 장착되어 있었습니다.

옅은 붉은색 눈동자를 좌우로 움직이며 양손의 퍼핏을 서로 마주 보게 하더니 "범인은 이 안에 있다" "그러네요, 교수님" "탐정 역할은 내가 맡지" 같은 연기를 펼쳤습니다.

할 말을 잃은 저와 아연실색하는 관중. 그런 주변의 시선 따위는 개의치 않고, 탐정 룩 그녀는 퍼핏의 입을 뻐끔뻐끔 움직이게 했고.

"그나저나, 교수님. 범죄의 냄새란 게 뭔가요?"

"레드 와인 냄새가 아닐까?"

그런 대사를 하며 인형 사이에서 다소 의기양양한 표정을 짓고 있었습니다.

"…………"

우와아 엄청나게 이상한 사람…….

○

"후후후…… 조수 군. 뽀뽀해도, 될까?"

©Azure

"앗, 안 돼요. 교수님. 이런 데서······."

"············."

할 말을 잃은 저.

상당히 이상한 모습의 그녀였지만, 아무래도 그녀는 항간에서 그럭저럭 유명한지 가게 안에 있던 몇 사람이 술렁거리기 시작했습니다.

"저······ 저건······!" "저 여자······ 퍼핏 탐정이야!" "설마 이 가게에 있었을 줄이야······!"

퍼핏 탐정이라고 불리는 겁니까?

"그렇게 유명한 사람입니까?"

저는 웅성거리는 몇 사람 사이에 끼어들어 귀를 기울였습니다. 소문을 중얼거리던 사람들은 하나같이 고개를 끄덕이더니.

"그래, 나도 소문으로 들은 게 전부지만······ 글쎄, 양손의 퍼핏에게 대화를 시키면서 추리를 한다나 봐."

상당히 기묘한 캐릭터 설정이로군요.

"참고로 추리력은 대단할 것 없어. 임팩트가 강한 건 겉모습뿐이야."

말이 심한 거 아닙니까?

"그 임팩트 강한 겉모습도 약간 안이해서 『캐릭터 설정이 조잡한 탐정 순위』에서 1위를 차지한 전과가 있을 정도지."

그 순위는 대체 뭡니까.

"참고로 어린 여자아이에게 묘하게 스킨십이 심한 면이 있어서 『성적 취향이 조금 위험한 탐정 순위』에서도 1위를 한 적이 있어."

그러니까그순위는대체뭡니까.

"정리하자면, 요컨대 그냥 위험한 녀석이야."

이상.

지식인의 견해였습니다.

그냥 위험한 녀석이라고 합니다…….

한편에서 안 좋은 소리를 듣고 있는 모양인 탐정님은 탐정 차림을 해놓고서 사건을 해결할 마음은 전혀 없는지, 여전히 인형놀이에 푹 빠져 있었습니다. 그래서 저는 와인 씨에게 수건을 건네며 점장님에게 한 가지 제안을 했습니다.

"드레스와 카펫에 묻은 와인, 마법을 써서 원래대로 돌려놓을까요?"

어둠 속에서 가슴을 만졌다면 틀림없이 범인은 이 안에 있을 터입니다. 그러나 그 전에 와인 씨가 여전히 와인투성이가 되어 있다는 사실을 잊어서는 안 됩니다.

와인 씨의 몸을 이대로 두는 것은 너무하다고 생각했습니다. 이미 그녀의 몸은 지나치게 얼었는지 "에취!" 하고 귀여운 재채기를 하셨습니다. 이대로라면 감기에 걸릴 겁니다.

그러나 점장님은 떨떠름한 표정을 지었습니다.

"아뇨. 마녀님, 그건 좀 기다려주시겠습니까?"

점장님의 바로 뒤에서는 탐정님이 "쪽쪽" "앗, 교수님, 안 돼"라는 둥 하며 양손의 퍼펫으로 격렬하게 엎치락뒤치락하고 있었습니다. 구깃구깃해졌습니다. 제가 아는 쪽쪽이 아닙니다만?

"……기다리라는 건 어째서죠?"

점장님 너머로 보이는 의미 불명의 광경은 무시했습니다.

"본 바로는, 병에서 쏟아진 와인이 이 여성과 바닥의 카펫을 더럽힌 모양입니다만—— 저는 이 손해 배상을 더럽힌 범인에게 받아야 한다고 생각합니다."

오호라, 과연.

"조사를 위해 현장을 보존해야 한다는 말씀이로군요."

"조수 군, 귀여워. 조수 군."

"교수님, 좋아해요……!"

"예. 그렇습니다. 일단 만약을 위해, 사건이 해결될 때까지는 다른 테이블의 요리도 음료도 전부 그대로 두도록 하죠. 어디에 범인의 단서가 있을지 모르니까요."

"점장님이 그렇게 말씀하신다면, 그렇게 하겠습니다만…… 그래서는 이분의 옷이 젖은 채이지 않나요?"

"조수 군……."

"교수님……."

"예. 대신 이분에게는 가게에 있는 여벌 유니폼을 드리겠습니다."

"그렇군요. 그럼 사건이 해결된 후에 마법으로 옷과 카펫을 원래대로 돌려주길 바란다, 라는 건가요?"

"조수 군……!"

"교수님……!"

"마녀님, 가능하겠습니까?"

"네, 뭐. ……다만 시간이 흐르면 흐를수록 마력 낭비도 심해지니까, 한시바삐 해결하지 않으면 손쓸 수 없게 될지도 모릅니다."

"조수 군!"

"교수님!"

"이런. 그렇습니까…… 그렇다면 서둘러 범인을 찾아야만 하겠군요."

"네──."

"조수 군!"

"교수님!"

"조수 군!"

"교수님!"

"…………."

"…………."

"조수 구──."

"당신은 아까부터 뭐 하는 겁니까?"

양손의 인형을 끈적하게 뒤엉켜 놓는 그녀에게 저는 결국 딴죽을 걸었습니다. 그러나. 불만스레 눈을 가늘게 뜬 저와 달리 그녀는 조금 의기양양한 표정을 짓고, 심지어 "사랑의 맹세……일까?" 같은 의미 불명의 언동을 보이는 지경. 이건 아무래도 사건을 해결할 마음이 없는 거죠?

"그 차림에 어울리는 일을 하시는 게 어떤가요?"

당신 탐정이잖아요? 그렇게 제가 다소 될 대로 되라는 식으로 말하자, 그녀는 "어라?" 하고 표정을 풀었습니다.

"내 정체를 간파하다니. 제법이군."

"그야 그런 차림을 하고 있으면 탐정이라고 생각하죠."

그렇다기보다 아까 본인 입으로 말하지 않았습니까? 탐정역을 받아들인 거 아니었습니까?

"꽤 날카로운 관찰력을 갖고 있는가 보군. 자네를 내 조수 군으로 임명할까 하는데."

"갑자기 무슨 말을 하는 겁니까?"

"아, 하지만 내 오른손의 교수에게는 이미 왼손의 조수 군이 붙어 있으니까, 자네까지 조수 군이라고 부르면 조금 헷갈리겠어. 자네는 조수 양이라고 부르도록 하지."

"정말로 무슨 말을 하는 겁니까?"

"그나저나 조수 양. 점장님과의 대화는 끝난 건가?"

아, 이미 제가 조수인 건 확정된 거로군요.

끝났는지 아닌지 묻는다면 뭐 끝났습니다만.

"……일단, 피해를 최소화하기 위해 서둘러 사건을 해결해야만 하게 되었습니다."

딱히 제가 와인을 쏟은 것도 아닌지라, 이대로 아무 일도 없었던 양 태연한 얼굴로 자리에 앉아 있어도 괜찮을 테지요. 하지만 점장님 말에 따르면 범인이 발견될 때까지는 현장을 유지할 모양이니, 아마도 서둘러 사건을 해결하지 못하면 이 가게에 계속 구속되어야만 하는 상황은 면할 수 없을 겁니다.

재빠르면서도 확실하게 사건을 해결해야만 합니다.

"과연. 그렇다는 건, 내가 나설 차례라는 거군."

"범인으로 의심이 가는 사람이 있습니까?"

"후후후."

"없는 거군요."

제가 뚱한 표정을 짓자 그녀는 오른손의 퍼핏(교수님) 입을 뻐끔뻐끔 열면서, 목소리를 살짝 낮추더니.

"솔직히 방금 화장실에서 나온 참이라 무슨 일이 일어난 건지 잘 몰라."

그런 말씀을 지껄였습니다.

"의심 운운 이전의 문제로군요."

"그런고로 지금부터 탐문 조사를 할 테니 조수 양은 내 보조를 해주게. 괜찮아. 탐문 조사를 하면 바로 정리될 테니까."

알 수 없는 자신감으로 가득한 표정을 지으며 그러한 말을 지껄이는 탐정님.

물론 저는 거절하려고 했습니다. 정중하게 "싫습니다"라고 노를 들이댈 셈이었습니다. 너무너무 귀찮으니까요.

그러나.

"저도 부탁드리겠습니다."

탐정님의 말에 편승한 것은 바로 옆에서 저희의 대화를 듣고 있던 점장님이었습니다.

점장님은 "잠시 괜찮으시겠습니까?" 하고 저를 가게 구석 쪽으로 데려가더니, 주변에 아무도 없건만 묘하게 작은 목소리로 말했습니다.

"가능한 한 상황을 조용히 해결하고 싶습니다. 일단, 저희 가게는 이 나라에서도 세 손가락 안에 들까 말까 한다는 말을 듣는 레스토랑이니까요……."

"……흐음."

"게다가 솔직히 저 이상한 사람에게 의지하는 건 불안하기도 합니다……."

"…………."

사건이 발생한 곳이라고 알려져 매상에 영향이 생기기라도 한다면 가게로서도 곤란하다는 뜻이겠지요. 원만하게 해결할 마음으로 가득하다는 점을 봤을 때, 범인에게 벌금을 징수하여 이 사건의 막을 내릴 셈인가 봅니다.

점장님은 제 귓가까지 다가오더니, 다른 누구에게도 들리지 않도록 소곤소곤 말했습니다.

"혹시 해결해주신다면 오늘 저녁 식사비는 받지 않겠습니다. 그리고, 얼마간 사례를 할 준비도 해두었습니다."

오호?

"그리고 답례로 저희 가게의 특제 빵을 선물하겠습니다."

정말입니까?

"어떠십니까?"

"제가 범인을 반드시 잡겠습니다."

그곳에는 만면에 미소를 머금은 지저분한 마음의 소유주가 있었다고 합니다.

그것은 대체 누구인가.

그렇습니다. 저입니다(오늘 두 번째).

그런고로.

점장님과 밀약을 나눈 후, 저는 시치미를 뗀 얼굴로 탐정님 옆으로 돌아왔습니다.

"자, 탐정님. 범인 찾기를 시작하죠."

갑자기 의욕 넘치는 제가 그곳에는 있었습니다.

"그래야 내 조수 양이지."

"그래서, 저는 뭘 하면 됩니까?"

"조수 양. 내 오른손에는 교수가 있고, 왼손에는 조수 군이 있 잖나?"

"? 네."

"대략 그것과 같은 느낌의 일."

"아, 절대로 싫습니다."

아무튼 저희 두 사람에 의한 범인 찾기는 이렇게 막을 올렸습 니다.

그나저나, 범인 찾기라고 하면 가장 먼저 해야 할 일은 정해져 있습니다.

저는 우연히도 갖고 있던 퍼핏을 오른손에 장착하고, 입을 빼 끔빼끔 열었다 닫았다 움직였습니다.

"아무튼 일단은 탐문 수사부터 시작하도록 할까? 탐정님(가성)."

…………

탐정님이 매우 차가운 눈초리로 이쪽을 바라보았습니다.

"그게 뭐야?"

어라? 무슨 말씀이신지?

"모르시나요? 이 나라에서 지금 유행하고 있는 건데요?"

"칭찬해줄 수 없겠는걸. 안이하게 캐릭터를 만들어서 인기를 얻으려 하다니 어리석기 그지없어."

"당신이 할 말입니까?"

"퍼핏을 낀 정도로 캐릭터가 성립할 거라 여긴다면 큰 착각이거든!"

"어라라? 어쩔 수 없잖아. 유유상종인 거지(가성)."

"그만둬!"

뭐 모처럼이니 저도 퍼핏을 장착하고 탐정님의 조수, 가 아니라 조수 양으로서 사건을 조사하게 되었습니다.

"이상한 사람이 둘로 늘었어……."

점장님이 멀찍이서 매우 슬픈 얼굴을 하고 있었습니다만, 그건 제쳐두도록 하지요.

○

사건의 피해자인 와인 씨에게 먼저 이야기를 듣고 싶은 바였습니다만, 그녀는 점장님과 이야기했던 대로 가게의 예비 유니폼을 빌리기 위해 가게 안쪽으로 사라지고 말았습니다. 기다리는 동안 목격자들과 한 사람씩 대화를 나누기로 했습니다.

"사건의 제1 발견자는 저예요."

첫 번째는 이 가게의 점원분.

우선 사건이 일어났을 당시에는 가게 안이 어두웠기 때문에 제1 발견자라는 표현에는 어폐가 있습니다만, 누구보다도 빠르게 와인 씨 곁으로 달려간 것은 이 점원분이었다고 저도 기억하고 있었습니다.

"이건 범죄의 냄새가 나는군요⋯⋯."

그런 의미 불명의 대사를 한 것도 이 사람이었다고 기억하고 있습니다. 요컨대 조금 이상한 사람입니다.

"놀랐어요. 점내에 불이 다시 밝혀진 직후에, 그녀가 쓰러져 있는 게 보였거든요. 카펫을 적신 와인을 피라고 착각해서 정말로 당황했던 게 기억나요."

"과연."

고개를 끄덕이는 탐정님. 입가에 손을 대고, 무언가 생각에 잠겨 있었습니다. 참고로 그 손에는 변함없이 퍼핏이 장착되어 있는지라, 그녀의 입은 전부 퍼핏에 가로막혀 말이 잘 들리지 않았습니다. 진지한 얼굴로 이 사람은 뭘 하는 거람, 하고 저는 생각했습니다.

점원분의 증언은 대략 저의 인식과 일치하기도 했고, 위화감도 딱히 느껴지지 않았습니다. 그러나 탐정님은 그리 생각하지 않았는지.

"묘하군."

그렇게 말하며 그녀는 눈을 가늘게 떴습니다.

"대체 어째서 그녀가 쓰러져 있는 게 보였지?"

"네? 어째서, 라고 말씀하신들⋯⋯. 우연히, 일까요⋯⋯?"

"그건 즉 이런 말인가? 점원 씨 당신은 우연히 그녀가 보이는 곳에 서 있었고, 불이 다시 밝혀졌을 때 우연히 그녀가 쓰러져 있는 게 보였다──."

"아, 네. 그런데요……?"

"그런 우연이, 과연 있을까?"

그야 있지요.

의심이 많은 성격인지, 탐정님은 그 후로도 눈을 가늘게 뜨며 "있을까? 이상한데" 같은 말을 할 뿐. 제1 발견자가 범인이라는 것은 미스터리 소설에서는 있을 법한 이야기일지도 모르지만, 이 번 사건에서는 정말로 평범하게 가장 먼저 발견한 선량한 점원분 으로만 보였습니다. 점원분이 불쌍해진 저는 "다른 손님의 이야 기도 들어보죠" 하고 탐정님을 재촉했습니다.

"조수 군, 방금 그 사람은 조금 수상했지?" "그러네요, 교수님."

탐정님은 퍼핏에게 대화를 시켰습니다.

"어라라? 그를 범인이라고 단정 짓는 건 성급하지 않아(가성)?"

그런고로 저도 일단 퍼핏의 입을 뻐끔뻐끔 움직여 보았습니다만.

"그거 허무하지 않아?"

진지한 얼굴로 퍼핏 씨에게 불쌍한 존재를 바라보는 듯한 시선 을 받았습니다.

"그런 말을 할 입장입니까?"

그렇게 두 번째 이후의 탐문 조사가 어떠했는가도 이야기해야 하겠으나, 하지만 안타깝게도 범행은 어둠 속에서 벌어졌고, 게 다가 가게 안은 창가 자리의 커플에게 주목하고 있기도 했던지라 새로운 정보는 거의 없었다 해도 과언이 아니었습니다.

"깨닫고 보니 그 사람이 쓰러져 있어서 깜짝 놀랐어. 하지만, 미안해. 나는 사건이 벌어지는 사이에 쭉 이 자리에 앉아 있었거든. 그래서 아무것도 몰라……. 범인이 얼른 잡혔으면 좋겠어."

창가 자리에서 1주년 기념일을 축하했던 여성은 와인 씨의 안부를 걱정했습니다. 좋은 사람입니다.

"1주년 기념일에 뜻하지 않은 사건이 일어나 버렸어……."

일찌감치 자리로 돌아가 미적지근해지는 케이크를 바라보며 그렇게 말한 것은 1주년 기념일을 보내던 남성 쪽.

"케이크값 정도는 당연히 공짜로 해주겠지? 거기에 더해 배상금도 받을 수 있으면 좋겠는데."

머릿속은 돈으로 가득한 모양입니다.

두 사람을 조사한 다음 저희는 자리를 벗어났습니다만, 탐정님은 변함없이 입을 퍼핏으로 막고 우물거리며 신경질적인 표정을 지었습니다.

"묘하군……."

"뭔가 걸리는 점이라도?"

"저 여성은 그의 어디가 마음에 든 걸까……."

"그건 분명 나도 그렇게 생각해(가성)."

제 오른손이 끄덕끄덕, 고개를 끄덕이고 있었습니다.

그러나 사건과는 관계가 없어 보였으므로 무시.

탐문 조사는 계속되었습니다.

"……나, 난 아냐! 내가 알았을 때는 이미 쓰러져 있었고, 게다가 나는 가게 안의 불이 꺼졌을 때, 식사를 하고 있었다고. 그러니까, 나, 나는 아니거든?"

증언 자체는 무엇 하나 특별할 것 없는 내용이었습니다. 하지만 왠지 모르게 거동이 미심쩍은 데다 더듬거리며 대사를 한 탓에 수상함을 풀풀 풍기는 것은, 가게 구석 쪽에서 혼자 앉아 있던 나무통 같은 체구의 남성 손님이었습니다.

사건 현장을 유지하기 위해 테이블 위의 요리에는 손을 댈 수 없게 되어 있었습니다. 그런 탓에 의도치 않게 음식을 앞에 두고 기다려 상태가 되고 만 그는 내내 불안해 보였고, 시선은 저희보다 주로 치킨 쪽으로 향했습니다.

그는 자신의 몸치장에 신경을 쓰지 않는 편인지, 대화를 나누던 도중에 저희를 감싼 것은 식은 치킨 냄새와 얼굴을 조금 찌푸리게 될 정도의 체취였습니다.

이윽고 둘이 되었을 때, 그녀는 입가를 퍼핏으로 가리며 중얼거렸습니다.

"조수 군…… 그는 조금 냄새가 났지?"

"그러니까요."

"우웨에에에에에에에에에엑(가성)."

제 오른손이 토했습니다. 주르르륵.

결과적으로 저희의 탐문 조사는 아무런 성과도 올리지 못했습니다.

어둠 속에서 몸을 만져지고, 급기야 와인 범벅이 되어버린 불행한 여성인 와인 씨가 돌아온 것은 그로부터 몇 분 후.

마침 탐정님이 지루해하다 못해 "조수 양, 뽀뽀할까? 에잇" 하며 퍼핏을 제 어깨와 뺨에 들이대고 꿈틀꿈틀하기 시작할 무렵이었습니다. 더 말하자면 제 오른손이 "만지지 마! 죽여버린다(가성)" 같은 말을 하며 퍼핏의 뺨을 토닥토닥 때리기 시작할 무렵이었습니다.

"에취!"

귀여운 재채기와 함께 그녀는 나타났습니다. 가게 유니폼인 블라우스와 검은 스커트, 그리고 앞치마를 걸친 그녀는 "탐정님, 범인은 찾았어?" 하고 저희 쪽으로 종종 잔걸음 쳐서 다가왔습니다.

깨끗하게 세탁된 옷의 향기와 희미하게 남은 와인 향기가 부드럽게 감돌았습니다.

"이 사람은 좋은 냄새가 나는군. 조수 양."

쿵쿵 와인 씨의 목덜미에 얼굴을 가져다 대는 탐정님.

"네? 그런가요?"

와인 냄새는 그녀 주변에 가득했습니다. 저는 이 냄새를 별로 좋아하지 않습니다.

"아, 잠깐, 뭐야……? 정말 싫다."

뺨을 순식간에 붉게 물들이고 머리카락을 만지작거린 와인 씨는 저희에게 어둠 속에서 일어났던 일을 자세하게 이야기해주었습니다.

○

"떠올리는 것만으로도 분해."

사건은 많은 증언을 통해 알아냈던 대로, 그녀 자신이 말한 대로, 어둠 속에서 일어났습니다.

레드 와인을 마시며 촛불의 빛이 일렁일렁 흔들리는 모습을 바라보던 그녀는 사귄 지 1년이 된 기념일을 맞이한 커플을 향해서 "축하해요" 하고 가볍게 박수를 보내고 있었습니다.

가슴에 위화감을 느낀 것은 바로 그 순간이었습니다.

'……! 만지고 있어! 지금 누가 나를 만지고 있어!'

뒤에서 뻗어온 손바닥이 그녀의 오른쪽 가슴을 단단히 움켜쥔 감촉을, 그녀는 분명하게 느꼈다고 합니다. 애정도 없고 감정도 없이, 그저 난폭하게 누군가가 그녀의 가슴을 욕망의 배출구로 삼고 있었던 것입니다.

시야가 차단된 상황에서, 축복해야 할 순간에 비겁한 행위로 손을 더럽힌 알 수 없는 누군가에게 그녀는 격렬한 분노를 느꼈습니다.

'용서 못 해!'

그녀는 순간적으로 와인잔을 손에 들고 등 뒤에 있는 범인을 향해 끼얹었습니다.

자신의 가슴속에서 솟구쳐 오른 분노에 몸을 맡기고, 그녀는 비열한 범인에게 복수했던 것입니다.

그러자 가슴에 올려졌던 손은 그녀에게서 떨어졌습니다. 그래도 와인 씨의 분노는 가라앉지 않았고, 그녀는 테이블에 놓여 있던 와인병을 움켜쥐고 휘둘러 어둠 속에 있을 터인 범인에게 다음 일격을 날리려 했습니다.

한동안 그렇게 난폭하게 병을 휘둘러 댄 결과, 그녀는 균형을 잃고 테이블 옆에 넘어졌습니다.

그리고 곧이어 빛이 밝혀졌습니다.

그다음의 일은 저희가 알고 있는 대로.

피 웅덩이 같이 퍼져나간 레드 와인 속에 웅크리고 있던 그녀가 고개를 들고 소리쳤던 것입니다.

"누군가가 나를 뒤에서 끌어안더니 가슴을 만졌어!"

라고.

그것이 사건의 전모였습니다.

이야기를 전부 다 들었을 때, 탐정님은 지금까지와 마찬가지로 탐탁지 않은 표정을 짓고는 퍼핏에 턱을 괴며 말했습니다.

"조금 이해가 안 되는걸."

"…………."

방금 설명으로 충분하다고 생각합니다만.

"뭐가 이해가 안 되나요?"

제가 오른손의 퍼핏과 함께 고개를 갸웃거리며 묻자, 탐정님은 와인 씨를 바라보며.

"어떤 식으로 주물렀지?"

그렇게 얼빠진 질문을 했습니다.

"엑?"

그리고 동시에 와인 씨도 얼빠진 목소리를 냈습니다. 정말 무슨 말씀을 하고 계신 겁니까?

"그게, 지금 설명만으로는 어둠 속에서 무슨 일이 일어났는지 잘 모르겠어. 상황을 정리하기 위해 한 번 재연해보도록 하지."

진지한 얼굴로 무슨 말씀을 하시는 겁니까?

"시, 실제로 해보자고……?"

노골적일 정도로 와인 씨는 당황했습니다.

"여, 여기서 하라고?"

"응. 사건 현장은 여기니까."

"아, 하지만…….”

"분명 범인은 네 뒤에서 가슴을 주물렀다고 했지?"

와인 씨의 등 뒤를 재빠르게 차지한 탐정님은 양손을 그녀의 어깨에 올리더니 귓가에 입을 가져다 대고 "이런 느낌인가?" 하고 물었습니다. 의문을 가질 여유를 주지 않는 알 수 없는 기세가 있었습니다.

"어? 으, 으응…… 그러네…….”

간단히 당해버린 와인 씨.

"이 상태에서 추행을 당한 건가?"

추행이라면 바로 지금 당하고 있다고 봅니다.

"이 상태에서…… 주물렀어요…….”

"어떤 식으로?"

"저기, 그건…….”

"분명 오른쪽 가슴을 주물렀다고 말했지? 그렇다는 건, 이 상태에서 범인이 오른손을 당신의 가슴 주변으로 뻗었다는 걸 테지. 잠깐 해보겠네──."

"자, 잠깐!"

"왜 그러지?"

"……불은, 꺼줬으면 좋겠어."

저는 지금 대체 무얼 보고 있는 겁니까?

"우웨에에에에에에에에엑(가성)."

제 오른손이 못 봐줄 광경에 토했습니다. 주르르륵.

그러나 눈앞의 두 사람은 완전히 두 사람만의 세계에 빠지고 만 것인지, 차가운 시선을 보내고 있는 저 같은 건 신경도 쓰지 않았습니다.

더는 보고 있을 수 없습니다.

저는 이쯤에서 두 사람 사이에 억지로 끼어들었습니다.

"여기서 그만 멈추시죠."

그리고 그렇게 말하며 두 사람을 떼어놓았습니다.

"앗……."

약간 유감스러워하는 얼굴로 아쉬운 듯 탐정님을 돌아보는 와인 씨.

"너무해!"

평범하게 항의하는 탐정님.

뭐가 너무하다는 겁니까?

"그 차림에 어울리는 일을 하시는 게 어떤가요?"

오늘 두 번째 말하는 대사입니다.

"뭐? 그러니까 실제로 재연해본 거잖나."

아니, 언제나 그런 느낌으로 수사를 하는 겁니까? 지식인에게 위험한 녀석이라고 불리는 것도 이해가 되는 조사 수법이라고 할 수 있겠군요…….

일을 방해받은 것이 탐탁지 않은지, 탐정님은 입술을 삐죽대고 꾸물거리면서 양손의 퍼핏의 입과 입을 맞추고 있었습니다. 아, 제가 아는 뽀뽀로군요.

"그래서, 재현해보고 뭔가 알아냈습니까?"

"응."

자신 넘치는 모습으로 그녀는 고개를 끄덕이고.

말했습니다.

"그녀에게서는 나와 같은 종류의 냄새가 나더군."

과연 그렇군요.

"요컨대 수확이 없었다고 이해하면 되겠습니까?"

"너무해!"

○

"조수 군, 아무래도 이 사건은 미궁에 빠진 모양이야."

"그러네요. 교수님, 이건 이제 포기하는 편이 나을지도 모르겠어요."

한바탕 탐문 조사를 마치고 나자 퍼핏 씨가 그렇게 양손으로 대화극을 펼쳤습니다. 요컨대 두 손 두 발 들었다는 뜻인가 봅니다. 범인을 모르겠나 봅니다. 이런.

"그건 좀 곤란하군요. 이대로는 제 보수가 사라지고 맙니다."

추리해주십시오.

"그런 말을 한들, 아무래도 어둠 속에서 일어난 범행인걸."

그녀는 어깨를 으쓱였습니다.

"그럴듯한 단서도 없고 동기도 불명. 이래서는 추리할 도리가 없어. 그것참, 항복이야."

그녀는 어깨를 으쓱였습니다. 오히려 처음부터 추리할 마음이 제로였던 것처럼 보이는 건 제 기분 탓일까요?

그나저나 곤란하군요.

그럼 제 오른손의 견해는 어떨까요?

"아마도 범인은 그만 충동적으로 덮쳤을 거야(가성)."

"오호라. 충동적이었다, 라는 게 범인의 동기라는 겁니까?"

"그렇지. 저 피해자는 제법 아름다우니까. 아름다운 사람이 있으면 덮치고 싶어지는 법이지(가성)."

"과연."

그런고로 저는 퍼핏 씨를 똑바로 바라보았습니다.

"범인은 욕구불만입니다."

한편 퍼핏 씨는 몹시 차가운 시선을 이쪽으로 보내고 있었습니다.

"······그거 허무하지 않아?"

"무슨 낯짝으로 하시는 말씀입니까?"

"하지만 욕구불만인 인간이 범인이라는 건 상당히 괜찮은 추리로군. 분명, 욕구불만이 아니라면 여성의 신체를 강제로 만지거나 하지는 않을 테지."

"분명 누구라도 바로 떠올릴 동기라고 생각합니다만."

"하지만, 마녀님. 가게 안을 봐주겠나?"

퍼핏 씨는 양손의 입을 뻐끔뻐끔 움직이며 가게 쪽을 돌아보았습니다.

여러 사람이 있었습니다. 창가 자리에서 기념일을 보내고 있는 커플. 무한 대기 상태로 땀을 흘리고 있는 뚱뚱한 남성. "묘하군……" 같은 말을 중얼거리며 탐정 놀이를 하고 있는 점원분. 그외 기타 등등. 과연 이 안에 욕구불만으로 여성에게 손을 댈 법한 나쁜 인간이 있을까요?

"없지."

탐정님은 단언했습니다.

"이 중에 수상한 인물 따윈 한 명도 없어. 역시 두 손 드는 수밖에."

이런 이런 하고 또다시 어깨를 으쓱이는 탐정님.

과연 그럴까요?

"저한테는 범인이 보입니다만."

혹시 탐정님의 눈은 장식인가? 하고 제 오른손의 퍼핏은 고개를 갸웃거렸습니다.

"뭐……?"

그 말은 무슨 뜻이지? 탐정님은 저를 바라보았습니다.

무슨 뜻이냐고 하신들.

"뭐, 이만큼이나 가게 안을 어슬렁거리다 보면 범인 정도는 간단히 점찍을 수 있다는 이야기입니다. 저는 이미 범인을, 알아냈습니다."

"…………뭐라고?"

"일단 가게 안에 있는 사람을 전부 모아주시겠습니까? 탐정님."

깨닫고 보니 저와 그녀의 입장이 뒤바뀐 듯한 느낌이었습니다만, 그건 일단 제쳐두고.

저는 말했습니다.

"사건을 어서 해결하죠."

○

그런고로, 탐정님이 모은 점원분과 손님들 앞에서 저는 오른손의 퍼펫과 함께 추리를 선보였습니다.

"이 일련의 사건에 관해 제가 알게 된 것은, 아마도 여러분과 크게 다르지 않을 겁니다. 범행은 어둠 속에서 벌어졌고, 피해자 여성은 가슴을 만져졌다. 범인을 본 사람은 아무도 없고, 그 자리에 남은 것은 피 웅덩이 같은 와인뿐. 그렇지요?"

"그래, 틀림없어(가성)."

제 오른손이 뻐끔뻐끔.

가게 안이 술렁였습니다.

"그게 뭐야?" "엄청나게 어설프네……." "가성이잖아……." "엄청난 가성이야……." "아니 잠깐! 그녀의 입은 움직이지 않았어! 그 점만 두고 보면 능숙해!" "하지만 가성인걸." "너무 새된 소리라 잘 안 들렸어."

…………

오른손이 뻐끔뻐끔.

"범인은 바로 이 안에 있다(가성)."

"너무 못하네……." "엄청난 가성이야……." "아, 미안해. 전혀 못 알아들었어. 방금 뭐라고 했어?"

저는 오른손의 퍼핏을 조용히 뺐습니다.

그 직후에 톡 하고 제 어깨에 조수 씨의 퍼핏이 놓였습니다.

보니 탐정님이 매우 슬픈 눈을 하고서 "저기…… 그…… 기운 내"라며 다정한 말을 던져왔습니다. 참고로 조수 씨 퍼핏은 제 어깨를 우물우물 깨물고 있었습니다. 그만두세요.

역시 익숙하지 않은 짓은 하는 게 아니었습니다.

퍼핏에게서 해방된 저는 제 입으로 말했습니다.

"실은 저, 범인이 누구인지 알고 말았습니다."

사건을 돌이켜보지요.

불빛이 사라진 가게 안. 범인은 와인 씨의 가슴을 만진다고 하는 비열한 행위를 저질렀습니다. 그러나 그 사건에는 처음부터 기묘한 점이 있었습니다.

"피해자인 와인 씨는——."

"아, 잠깐. 와인 씨가 누구인데?"

다름 아닌 와인 씨가 딴죽을 날렸습니다. 그러나 저는 무시.

"사건의 피해자인 그녀는 불빛이 밝혀진 직후에는 이미 와인투성이가 되어 있었습니다. 그렇지요? 와인 씨."

"저기……. 그러니까 와인 씨가 누구——."

"그렇지요? 와인 씨."

"어……? 그, 응……."

저는 강제로 진행했습니다.

그러나 말할 것도 없이 사건 현장의 상황을 보면 알 수 있듯, 와인 씨는 처음부터 와인투성이가 되어 있었고, 현장도 피 웅덩이로 잘못 볼 정도의 참상이 되어 있었습니다.

"그녀는 옷을 갈아입어야만 할 만큼 와인으로 젖어 있었습니다."

그래서 지금은 가게에서 빌린 유니폼을 입고 있습니다.

"그렇다면, 범인에게도 그 피해가 미쳤을 가능성이 매우 높습니다. 그렇지요? 탐정님."

"응?"

빙글, 이쪽으로 고개를 돌리는 탐정님. 양손의 퍼핏이 뽀뽀하고 있었습니다.

"아, 미안. 뭐라고?"

한창 추리를 하는 중에 놀고 있군요…….

"범인은 와인투성이가 되어 있지 않다면 이상하다는 이야기입니다."

"뭐? 아, 응. 그러……려나?"

그녀는 애매하게 고개를 끄덕였습니다. 결국 제 이야기를 전혀 듣고 있지 않은 겁니까? 뭐, 상관없습니다만.

이야기를 계속해보죠.

"하지만 가게 안에서 아무리 탐문 수사를 해도 와인투성이가 된 사람은 한 명도 없었습니다. 그것은 여러분이 잠시 얼굴을 마주하면 바로 알 수 있는 점입니다. 여기에는 누구 하나 와인을 뒤집어쓴 사람이 없습니다. 그렇지요? 탐정님."

"응, 그러네."

양손의 퍼핏과 함께 그녀는 의기양양한 표정으로 고개를 끄덕였습니다.

"즉 이 사건은 미궁에 빠졌——."

"안빠졌습니다무슨말을하는겁니까."

정말 무슨 말을 하는 겁니까?

불만스레 눈을 가늘게 뜨면서 저는 말했습니다.

"이 사건의 범인은 아마도 와인투성이가 된 직후에 모습을 감추고, 돌아온 사람일 거라는 겁니다."

가게 안에 빛이 밝혀진 직후부터 모습을 감추었던 손님이나 점원이 있다면 의심을 받는 것은 당연한 일. 범인은 가게로 돌아오지 않을 수 없었던 것입니다.

그러나 몸은 와인투성이. 그 모습 그대로 돌아오면 범인이라는 사실이 바로 들통납니다.

그렇다고 한다면.

"아마도 범인은 와인 씨의 가슴을 만진 직후에 가게 안—— 구체적으로 말하자면 화장실 쪽으로 도망친 인물이 아닐까 생각합니다. 그렇지요? 탐정님."

"뭐?"

깜짝 놀라는 탐정님.

저는 그녀에게 한 걸음 한 걸음 다가갔습니다.

"그리고 아마도 범인은 자신이 의심을 받지 않도록, 추리하는 척이라도 해서 얼버무리려 했을 거라고 생각합니다. 그렇지요? 탐정님."

"……뭐?"

"어느 정도 사건을 수사하는 척하고 나서, 『아무래도 이 사건은 미궁에 빠진 모양이야』 같은 말을 지껄이고 도망칠 예정이었을 테지요. 그렇지요? 탐정님."

"……저기?"

"하지만 아무리 수사하는 척을 해도, 아무리 얼버무리려 해도, 한 번 와인투성이가 된 범인의 몸에는, 미처 다 없애지 못한 냄새가 배어 있을 거라고 봅니다. 그렇지요? 탐정님."

"……조수 양?"

"탐정님. 그런데――."

그리고 저는.

탐정님의 목덜미로 얼굴을 가져가 숨을 들이쉬고 내쉰 다음.

싱긋, 저는 웃으며 그녀를 바라보았습니다.

처음부터 신경이 쓰였습니다만.

"범죄의 냄새가 나는군요."

그녀에게서는, 도저히 감출 수 없을 만큼 냄새가 났습니다.

범죄의 냄새.

아니, 레드 와인의 냄새가.

틀림없이 탐정님에게서는 와인 씨와 **같은 종류의 냄새**가 났던 것입니다.

○

결국 그녀가 탐정으로서 추리를 자청하고 나섰던 것도 자신의 범행을 흐지부지하게 만들기 위해서였다고 생각한다면, 차림에 비해 대단한 추리를 선보이지 않았던 것도 납득이 갑니다.

제 추리는 대부분 들어맞았는지, 이윽고 탐정님은 자백했습니다.

"나는 평소, 주로 탐정 일로 생계를 꾸리고 있는데 말이지."

그녀는 아주 몹시 먼눈을 하고서.

"요즘 좀, 욕구불만이라……."

그러한 자백을 하고서, 그리고 점원분에게 붙들려 가게 안쪽으로 연행되어 갔습니다.

"요, 욕구불만이었다니…… 그런……."

한편 피해자인 와인 씨는 어째선지 그런 그녀를 바라보며 뺨을 붉게 물들이고 괴로운 탄식을 흘렸습니다.

나중에 들은 이야기입니다만, 탐정님은 "가슴을 만지고 싶었던 게 아냐. 살짝 뽀뽀하고 싶었을 뿐이야" 같은 의미를 알 수 없는 언동을 반복했고, 끝내는 "귀여운 아이를 보면 나도 모르게 말이지……"라며 더더욱 점장님을 곤란하게 만들었다고 합니다.

저는 그게 뭐야? 하고 생각했고.

"정말이지 지독한 사건이었다니까(가성)."

제 오른손도 이런 이런 하고 한숨을 내쉬기에 이르렀습니다.

별 세 개 레스토랑에서 벌어진 참사는, 이렇게 탐정 본인에 의한 불상사로 막을 내렸습니다.

참고로 카펫과 와인 씨의 옷에 생긴 손상은 사건이 마무리된 후에 제가 마법으로 복구해두었습니다.

점장님은 원만하게 해결하고 싶다고 이야기했었고, 마법으로 복구할 수 있으니 복구해도 문제없을 테지요.

©Azure

하지만 탐정님이 일으킨 사건이 결과적으로 가게에 커다란 폐를 끼치고 말았다는 점을 잊어서는 안 됩니다. 아무리 원만하게 해결하고 싶다고 해도, 문책 없이 넘어갈 수는 없는 일입니다.

별실에서 점장님에게 단단히 혼쭐이 난 탐정님은 그 후 손해 배상으로 나름의 돈을 지불하게 되었다고 합니다.

그러나 애석하게도 그녀는 그렇게까지 자금에 여유가 있는 것도 아닌지.

결국 어찌 되었는가 하면.

"오래 기다리셨습니다——. 식후의 홍차입니다⋯⋯."

이 가게에서 한동안 일하기로 한 모양입니다.

유니폼을 입은 탐정님이 제 테이블에 홍차를 내려놓고 깊게 고개를 숙였습니다.

"펴, 편한 시간 보내십시오⋯⋯."

매우 떨떠름한 얼굴을 하고서 접객을 하고 있었습니다.

노파심에서 한 가지 조언을 해드리지요.

"접객할 때는 조금 더 미소를 짓는 편이 좋습니다."

"그런 말을 한들⋯⋯ 나, 육체노동은 특기가 아니거든⋯⋯."

크게 한숨을 내쉬는 탐정님.

"그리고 어쩐지 엄청난 시선이 느껴져⋯⋯."

조금 안색이 창백해졌습니다.

힐끔 그녀의 등 뒤로 시선을 돌리자, 와인 씨가 멀리 떨어진 자리에서 이쪽을 보고 있는 모습이 보였습니다.

사건이 벌어진 날부터 탐정님은 연일 레스토랑에서 일하며 빚을 갖고 있다고 하는데, 말하길, 매일 와인 씨가 걸음을 하고 있다고 합니다.

"마음에 든 모양이네요."

"아니 이제 정말이지 너무 노골적이라 곤란할 정도야……."

"바람이 이루어졌으니 잘된 일이잖아(가성)."

어라 어라, 제 오른손도 그렇게 말합니다만? 조금 가시 돋친 말투이기는 합니다만?

"나는 쫓기기보다는 쫓고 싶은 쪽이야. 탐정이니까."

"탐정은 어둠 속에서 남의 가슴을 만지거나 하지 않습니다."

"가슴을 만지고 싶었던 게 아니야. 뽀뽀하고 싶었을 뿐이라고."

"어느 쪽이든 위험하지 않습니까?!"

그날 이후로 와인 씨의 열정적인 공세가 매일 이어졌고, 솔직히 빚 변제보다 그쪽이 힘들다고 탐정님은 이야기했습니다. 정말 사치스러운 고민이로군요.

"뭐, 당신의 열광적인 팬이 한 명 생겼다고 생각하면 그리 나쁜 일도 아니지 않은가요?"

"나는 가능하면 추리 방면에서 팬을 늘리고 싶었는데……."

"욕망에 떠밀려 어둠 속에서 이상한 짓을 하니까 그런 꼴을 당하는 겁니다."

"우으으……."

그녀는 탄식과 함께 제게 말했습니다.

"대체 어째서 이런 일이……."

그런 말씀을 하신들.

이것만큼은 탐정님 자신이 자초한 일이니, 어찌할 도리가 없습니다.

그래서 저는 자리에 앉아 탐정님을 올려다보며 식후의 홍차를 즐기고 오른손을 들어 내밀었습니다.

"어라라? 어쩔 수 없잖아. 유유상종인 거지(가성)."

나중에 들은 이야기입니다만, 그녀는 그 이후 『팬도 본인도 위험한 녀석 순위』에서 1위를 차지하게 되었다고 합니다.

그야말로 유유상종.

제가 그날 찾아간 나라에서는 어떤 극이 인기몰이를 하고 있었습니다.

『제12회 극단 클렌 공연회』

오래된 벽돌로 된 거리 곳곳에 그런 글자가 적힌 포스터가 줄지어 붙어 있었습니다.

작은 종이 안에서는 한 남자가 단상 위에 서 있고 그 뒤에서 몇 명이나 되는 여성이 춤추고 있었습니다. 가극인가 봅니다.

선전 활동에 상당히 힘을 쏟고 있는 모양인지, 마을 광장에서는 전단을 배포하는 극단원의 모습도 보였습니다.

"제12회 공연회, 내일과 모레는 예정대로 개최합니다!"

스쳐 지나가면서 그러한 말과 함께 떠넘긴 전단을 저는 그대로 받아 들었습니다.

"…………."

표의 가격란이 지워지고, 손 글씨로 원래 가격의 세 배 정도로 숫자가 수정되어 있었습니다. 어제, 오늘, 내일, 그리고 모레 나흘간의 공연이었던가 봅니다만, 오늘 날짜에는 『중지』라는 글씨. 그리고 어째서인지 내일 이후의 가격만은 통상의 세 배 정도라는 이해하기 어려운 상태가 되어 있었습니다. 거기에 더해 "큰 인기에 감사"라는 글자도 장식되어 있었습니다.

오호라, 상당히 주목을 받고 있는 모양이로군요.

곳곳에서 선전하는 덕분일까요? 마을은 극단 클렌에 관한 소문으로 자자했습니다.

여기저기에서 그들의 이름이 오갔습니다.

"저기 있지. 내일 공연회 하나 봐." "이제 정가로는 표를 못 구하잖아? 좋겠다. 미리 사둔 녀석들은." "나는 어제 봤는데……."
"소문으로는 내일 공연 표는 거의 매진이래." "오늘 공연은 중지되었으니까……."

사람이 모이는 곳에는 사람이 더욱 모이는 법이라, 그렇게 온마을로 인기는 퍼져나갔을 테지요. 사람이 모이는 곳에 관심이가는 것이 사람의 본성입니다.

이렇게 말하는 저도 그중 한 명인지라, 깨닫고 보니 마을 사람들에게 말을 걸고 있었습니다.

"저기, 실례합니다——."

그 공연회라는 게 그렇게나 재미있습니까?

——하고.

마을 사람들의 반응은 모두 같았습니다. 어느 분이나 대체로비슷한 이야기를 했습니다. 사람이 사람을 불러 모으는 데는, 그만한 이유가 있는 법입니다.

마을 사람들의 화제가 된 극단 클렌.

심지어 그 극단 클렌에 관한 화제는 신문에서도 발견할 수 있었습니다.

『극단 클렌 단장, 주연 여배우와의 불륜 문제에 관한 해명을 피하며 남은 이틀의 공연 일정을 강행키로』라고.

그것이 바로 극단 클렌에 사람이 모이는 이유였습니다.

○

한동안 거리를 산책한 후에 저는 극단 클렌의 단장님이 있는 곳
으로 걸음을 옮겼습니다.

물론, 극단 단장이라는 사람을 아무런 연락도 없이 갑자기 만
날 수 있을 리 없습니다. 애초에 저는 그와 만나기 위해 이 나라
까지 찾아왔던 것입니다.

"여기, 며칠 전 상인분에게 의뢰받은 물건입니다."

그의 자택은 거리의 큰길가에 있는 그럭저럭 호화로운 주택이
었습니다. 문을 두드려 "배달 왔습니다" 하고 부르자, 그는 저를
맞아주었습니다.

"기다리고 있었어. 미안해. 무리하게 재촉해서."

마법사로서 나라와 나라를 오가다 보면 드물게 급한 짐의 운송
을 위탁받는 일이 있습니다. 이번에 이 나라를 방문한 것도 대략
그러한 측면이 컸고, 말하자면 짐을 전달하기 위해 멀리서 찾아
왔다고 해도 과언이 아닙니다.

"천만에요."

그리고 방금 그 일이 끝났습니다.

얼마간의 돈과 바꾸어 제게서 건네진 짐.

나무 상자를 살짝 열어서 내용물을 확인한 그는 기분 좋게 제
게 말을 걸었습니다.

"지금 이 나라에서는 이걸 키우는 게 암암리에 인기인 모양이야."

저는 상자를 보았습니다.

"……인기인가요?"

"매끈매끈 반들반들해서 만지면 기분이 좋다더군. 젊은 여성을 중심으로 인기인가 봐."

상자 안에서는 젤리 상태의 잘 알 수 없는 생물이 탱글탱글 흔들리고 있었습니다.

"……이거 슬라임이지요?"

"이 나라에서 아주 붐이야."

슬라임이라는 생물에 관해서 저는 그다지 잘 알지는 못하지만, 근처의 여러 나라에서는 이 생물을 유해 동물로 인정하고, 적극적으로 구제하고 있다고 들었습니다. 특히 슬라임이 가진 놀라울 정도의 번식력과 그 젤리 형태의 물컹물컹한 느낌이 생리적으로 무리라며 다른 나라에서는 주로 젊은 여성을 중심으로 싫어한다고 합니다만.

이 나라의 여성은 이상한 사람이 많군요…….

그보다, 클렌 씨라고 하면.

"이것저것 큰일인 모양이시던데요."

그 부분을 언급하지 않을 수 없었습니다.

"온 마을에서 불륜 문제에 관한 소문이 떠돌고 있었습니다."

"이런, 마녀님도 알고 계셨던 건가?"

온 나라가 그 화제를 두고 시끌벅적했습니다만, 그는 그다지 신경 쓰는 기색이 아니었습니다.

"그래, 뭐. 어중이떠중이들이 무슨 말을 하든 그다지 신경은 쓰지 않지만, 불륜 문제 때문에 오늘 공연은 중지가 돼버렸지 뭐야."

"그런가 보더군요."

마을 사람들과 신문을 통해 그러한 사정을 알아내기는 어렵지 않았습니다.

클렌 씨는 극단을 세우기 전부터 부인이 있었다고 합니다. 그러나 최근에 자신의 극단에 소속된 젊은 여배우와 몰래 불륜을 저질렀다는 사실이 밝혀졌다고 합니다. 불륜이 들통나자마자 그는 아내에게 이혼 서류를 내밀고 별거. 그 재빠른 행동과 그런 상황에서도 실적이 거의 없는 여배우, 즉 젊은 내연녀를 주연으로 한 무대를 강행한 점에서 사람들에게 나쁜 의미로 주목을 받게 되고 만 모양입니다.

"하지만 내일 이후엔 예정대로 공연하는가 보더군요."

"그래. 모처럼 주목받고 있으니 공연을 하지 않을 도리가 없지."

주목받고 있는 것은 내용보다 관련된 사람 쪽이라고 생각합니다만……

그는 거기서 "아, 그렇지" 하고 손뼉을 치더니, 본인의 주머니에서 종이를 한 장 꺼냈습니다.

"내일 공연 표야. 괜찮다면 보러 와."

어라라.

"괜찮은가요?"

제가 슬쩍 팔아버릴지도 모르는데요?

그는 고개를 끄덕였습니다.

45

"여배우를 꾀어내기 위한 물건을 준비해줬잖아. 이 정도의 답례는 당연하다고 해야겠지."

그리고 그렇게 말했습니다.

....

으응?

"무슨 말씀이신가요?"

주연 여배우분과는 이미 내연 관계인 게 아닌가요? 뭔가요? 이 판국에 또 다른 여배우분에게 손을 댈 생각이십니까? 극단 여성 모두에게 전부 손을 댈 생각이십니까?

저는 한순간 이런저런 불신감을 머릿속에서 키워나갔습니다만.

그러나 그의 대답은 제 상상과는 전혀 달랐습니다.

"하하하! 여기서만 하는 이야기인데, 사실 그 여배우는 다른 나라에서 고용한 배우야."

이번 공연을 위해 준비했다——라고.

말하길, 그가 운영하는 극단은 최근 관객의 발길도 뚝 끊기고 오랫동안 인기가 떨어졌다고 합니다. 12회나 공연을 실시했지만, 사람들은 그들의 극을 전혀 보러 오지 않게 되었던 것입니다. 제 1회 공연 때는 그들의 극단 앞에 길게 줄이 늘어섰고, 그들의 극을 슬쩍 흉내 낸 극단까지 생겼을 정도였습니다.

그러나 지금은 그 모습을 찾아볼 수 없었습니다. 인기와 유행은 살아 있는 것이나 다름없어서 끊임없이 흘러갑니다.

그들의 극단 클렌은 완전히 과거의 것이 되었습니다.

그래서 제12회를 맞이한 이번을 끝으로 극단 클렌은 이 나라에서 나가기로 했던 것입니다.

"이번을 마지막으로, 우리는 다른 나라에서 처음부터 다시 시작하기로 마음먹었어."

클렌 씨는 말했습니다.

"하지만 모처럼의 마지막 공연이니까, 벌 수 있는 만큼 벌지 않으면 손해잖아?"

그렇다면 많은 손님을 불러들여야만 합니다.

하지만.

"아무리 선전을 해본들 끊어진 손님의 발길이 돌아오는 일은 없을 테지. 이 도시 녀석들은 우리 극단이라는 이유만으로 이미 질릴 만큼 봤다고 지레짐작하고, 걸음을 하려 하지 않아. 아무리 신선하고 새로운 걸 해도 말이야."

거기서 그들이 떠올린 것이 여배우분을 다른 곳에서 고용해 온다고 하는 잘 이해할 수 없는 수법인 모양입니다만.

"다른 곳에서 고용한 여배우분을 써서 무슨 의미가 있나요?"

소박한 의문이었습니다. 다른 곳에서 여배우분의 인기가 어떤지는 모르겠지만, 이 나라에서는 적어도 무명이나 마찬가지입니다. 기용한들 선전 효과는 거의 없는 게 아닌가요?

"무명이기 때문에 좋은 거야. 그녀를 쓴 건, 손님을 불러들이기 위한 게 아니니까. 주목을 모으기 위한 거지."

"……?"

눈치가 없는 제게 그는 매우 친절하게 설명해주었습니다.

즉.

"솔직하게 말하자면, 그 여배우와 내가 불륜 관계라는 건 내가 흘린 헛소문이야. 사실 그녀와는 아무런 관계도 맺고 있지 않아. 한 치의 거짓 없이, 그녀는 청렴결백한 여성이야── 그녀는 그저 무대 위와 그 아래, 양쪽에서 연기를 해주고 있을 뿐이지."

"…………."

으음?

"아내와도 이혼은 하지 않았어. 이 나라에서는 이혼한 걸로 되어 있지만 말이야."

으-으음?

"……그 말씀은."

요컨대.

"전부 당신이 꾸민 자작극, 이라는 겁니까?"

그는 "그 말대로야"라며 고개를 끄덕여 보였습니다.

대략 이쯤에서 저는 이야기의 전말이 보이기 시작했습니다.

그러니까 간단명료하게 일련의 이야기를 정리하자면.

인기가 떨어진 극단 클렌의 단장이 나라를 떠나기 직전의 마지막 공연에서 벌 수 있는 만큼 벌어보기 위해, 일부러 극과는 전혀 관계없는 일로 주목을 모으고 발길이 끊어진 손님과 자금을 회수했다, 라는 것일 테지요.

"실제로 노렸던 그대로 됐어. 지금은 푯값을 세 배 올려도 살 사람은 많거든. 더 비싸게 받아도 될 걸 그랬다 싶어서 후회가 될 정도라니까."

"…………."

말할 필요도 없이 이 나라의 상황을 생각해보면, 지금은 온갖 사람들이 그들의 극을 두고 서로 이야기를 나누고 있었습니다.

거리가 그들의 극에 관한 화제로 자자했습니다.

그러나.

"그런 이야기를 저한테 해도 괜찮은가요?"

과연 주목을 한 몸에 받는 극단 클렌에 이런 진상이 숨겨져 있다는 사실을 알면, 사람들은 어찌 생각할까요?

"꼭 좀 사람들에게 퍼뜨려줬으면 해서 말하는 거야."

어차피 나는 곧 이 나라에서 나갈 테니까──라고 그는 덧붙였습니다.

그러니까 제가 이 극단에 관해 언급한다고 해도 그것은 불에 기름을 붓는 것이나 다름없는 일이고, 아마도 그의 공연 푯값은 더더욱 비싸질 테지요. 칭찬이든, 호기심이든, 혐오든. 결국 모이는 돈은 마찬가지이고, 그가 어떤 인간이든 제가 입을 다물고 있지 않은 한은 무슨 행동을 해도 결국은 그의 주머니에 돈이 모이게 되어 있는 것입니다.

그것참, 머리를 잘 썼군요.

"이번 공연에 연관되어 벌어진 일들은 전부 거짓투성이야. 여배우는 가짜고, 나와 그녀의 관계도 거짓. 아내와의 이혼도 거짓. 하지만 그것도 전부, 한 사람이라도 더 많은 사람이 극을 봐주길 바라기 때문에 한 일이지. 나는 이번 극에 특히 공을 들였거든. 내용에는 상당히 자신이 있어. 내일 꼭 보러 와."

뭐, 애초에 이런 이야기를 듣고 난 후에 극의 내용에 집중할 수 있을 것 같지는 않습니다만.

"특히 주연으로 고용한 그녀의 재능은 진짜야. 나는 완전히 그녀에게 반해버려서——."

이런 것까지 준비해버리는 지경이지, 하고 그는 손에 든 슬라임을 만졌습니다.

"…………"

불륜 관계는 아니라고 했었습니다만. 거짓에서 생긴 진실도 있는 법입니다.

적어도 슬라임을 들고 있는 눈앞의 그는, 여배우분에게 배우로서가 아니라 한 명의 여성으로서 호의를 가지고 있는 듯한 느낌으로 가득했습니다.

아니 아니, 하지만 과연 어떨까요?

과연 **싫어하는 것**을 건네받고서 진심으로 기뻐할 괴짜가 있을까요?

○

저는 그다음 날 저녁에 나라의 문을 향해서 걷고 있었습니다.

관광도 대강 마쳤고, 용건도 마쳤고, 거기에 더해 극도 보았습니다. 그러니 이제 볼일은 없다고 할 수 있겠습니다.

"제12회 공연회, 마지막 날도 예정대로 공개합니다!"

변함없이 큰길에서는 극단 클렌 분들이 마을 사람들에게 전단을 나눠주고 있었고, 갓 입국한 상인분과 여행자분이 압도되고 있었습니다.

거리는 변함없이 술렁였고, 보니 풋값은 다섯 배로 뛰어올랐습니다. 마지막의 마지막에 이르러 상당히 터무니없는 가격이 되었습니다만, 역시 주목을 모아대고 있는 탓인지 구매자는 끊이지 않는 모양이었습니다.

"이제 곧 매진입니다!"라는 소리가 정신없이 오갔습니다.

언뜻 보기에는 엄청나게 뜨거운 인기를 자랑하는 극단처럼도 보였습니다.

"인기가 대단한걸⋯⋯." "그러게⋯⋯ 그렇게나 재미있나?"

출국하려던 때. 방금 문을 통과한 두 여행자가 그런 광경을 보며 걸었습니다.

그들은 이윽고.

"아, 저기. 잠깐만."

제게 말을 걸어왔습니다.

"당신, 여행자인가?"

저는 "네" 하고 답하며 고개를 끄덕였습니다.

"이제 떠나려는 참입니다"라고도 덧붙였습니다.

"그래⋯⋯. 그런데 말이지, 저 공연 본 적 있어?"

그 말과 함께 여행자가 가리킨 것은 극단 클렌의 제12회 공연 포스터.

말할 것까지도 없습니다.

"네. 있습니다."

"저게, 그렇게 재밌나?"

"…………."

저는 여기서 한 가지 떠올린 것이 있었습니다.

이 나라에 입국한 직후. 그러고 보면 저도 극단에 흥미를 느끼고, 비슷한 질문을 마을 사람들에게 던졌었지요.

그때 마을 사람들이 했던 말을 저는 똑똑히 기억하고 있습니다. 그리고 극을 본 직후인 지금, 저 역시 정말이지 똑같은 감상을 느꼈다고 할 수 있을 테지요.

그렇다면.

며칠 전과 마찬가지로, 그때 많은 사람들이 했던 말을, 저도 그대로 돌려주는 것이 적절하지 않을까요?

분명 그들의 말은, 이랬습니다.

말하길.

"잘 기억이 안 납니다."

제 3 장

"안녕합니까. 저는 상인입니다."

어느 나라의 문 앞에 한 명의 상인이 나타났습니다.

문지기 병사는 상인을 보고 "녹색과 조화의 나라에 오신 것을 환영합니다"라고 그녀에게 일단 인사했습니다. 하지만 그 눈은 약간 미심쩍어하고 있었습니다.

자신을 상인이라고 밝힌 그녀의 차림은 검은 로브에 검은 삼각 모자. 한눈에 봐도 마법사였고, 가슴께에는 별을 본뜬 브로치가 있었습니다. 즉, 마녀였습니다.

마녀이면서 상인도 겸하는 자가 이 나라를 방문한 것은, 병사가 기억하는 한은 처음 있는 일이었습니다. 이상하게 여기면서도 문지기 병사는 평소처럼 입국 심사를 시작했습니다.

"오늘은 어떠한 용건으로 오셨습니까?"

"물론, 짐 운반을 위해서입니다. 저는 상인이니까요."

어떤 이유에서인지 자신이 상인이라는 점을 강조하면서 마녀는 빗자루 끝에 매둔 꾸러미를 쓰다듬었습니다.

"그렇습니까. 짐을…… 내용물은 무엇입니까?"

"갓 수확한 채소입니다. 신선합니다."

"그렇습니까. 채소입니까. 그거 좋군요! 종류는 뭡니까?"

"네? 저기…… 잠시만 기다려주세요."

종이를 품에서 꺼내는 마녀.

"아, 양상추입니다."

"양상추입니까! 분명 이웃 나라의 양상추는 신선하고 맛도 좋기로 정평이 나 있지요!"

채소라는 말이 나온 순간 문지기 병사의 목소리에 생기가 돌았습니다.

"그런가 보더군요."

"그럼 짐을 검사해봐도 괜찮겠습니까?"

그리고 병사님은 한 걸음, 상인에게 다가갔습니다.

하지만 그 말에 마녀는 단호하게 NO를 외쳤습니다.

"신선도가 떨어지니까 그만둬 주십시오."

종이를 보면서 약간 국어책 읽기로 말했습니다.

수상함이 가득합니다.

"과연! 그것도 그렇겠군요. 실례했습니다. 자, 들어가시죠."

그러나 문지기 병사님은 신선한 양상추를 빨리 전달하게 해주어야만 한다는 사명감에 쫓겨 그대로 그녀를 통과시켜주기로 했습니다. 채소가 얽히면 판단이 극단적으로 물러지는 것이 이 문지기 병사의 나쁜 점이었습니다.

결국 마녀이자 상인인 그녀는 무사히 입국을 해냈습니다.

"아, 그런데 상인님."

문을 통과하던 때, 문지기 병사는 그녀의 뒷모습을 향해 말을 걸었습니다.

움찔하고 놀라더니 노골적으로 경계하며 돌아보는 그녀.

"네? 왜, 왜 왜 그러시나요?"

목소리가 높아졌습니다. 이제 이 시점에서 뒤가 켕기는 짓을 하고 있다는 것은 명백했습니다만, 그러나 병사가 그러한 상태를 깨닫는 일은 없었습니다.

"죄송합니다. 이름을 묻는 걸 잊었습니다."

그는 말했습니다.

아아, 그래, 그렇지.

그런데 이 상인이란 대체 누구일까요?

"일레이나입니다."

그렇습니다. 저입니다.

『안녕한가? 내 이름은 아르글램. 녹색과 조화의 나라에 사는 자다. 실은 상인인 귀공에게 특별히 부탁하고 싶은 일이 있는데, 들어주지 않겠나?』

마녀로서 나라들을 오가다 보면 짐 운반을 부탁받는 일도 있는지라──사실은 얼마 전 슬라임을 배달할 때, 그 외에도 몇 가지 짐의 운반을 상인분께 부탁받았습니다.

그중 하나가 이번 일입니다.

아무래도 조금 특이한 종류의 일인지, 상인분과 그 손님은 몇 번인가 편지를 주고받은 모양이었습니다.

그 편지들은 지금 제 손에 있습니다.

보면 볼수록 상당히 이상한 의뢰로.

『우리나라까지 비밀리에 고기를 가져다주었으면 한다.』

그리고 상당히 이상한 나라인가 봅니다.

『우리나라, 녹색과 조화의 나라에서는 현재 육식을 금지하고 있다. 이전엔 비싸기는 해도 국내에서 고기를 입수할 수단은 있었다. 그러나 최근엔 규제가 엄격해졌고, 국내에서의 고기 판매도 금지되고 말았지. 현재 우리나라에서는 고기를 입수할 방법이 없다.』

주고받은 편지 속에서 이 녹색과 조화의 나라의 실정을 엿보았습니다만, 실제로 걸음 해보니 분명 길가에 고기를 취급하는 가게는 보이지 않았습니다. 시야를 가득 채우는 것은 "채소를 먹으면 건강해집니다"라느니 "채소를 먹고 아름다운 인생을"이라느니 하는 뭔지 잘 알 수 없는 표어나, 혹은 "오가닉"이니 "헬시"니 하는 단어들뿐.

『어째서 이런 나라가 되고 만 것인가!』

편지 속의 아르글램 씨는 분개했습니다.

『내가 어릴 때는 고기도 자유롭게 먹을 수 있었다. 그러나 지금 시대엔 고기를 원하는 것만으로도 혐오의 시선을 받는다. 고기를 유해하다고 배우고 자란 아이들은 분명 더욱 이 나라의 고기 부족을 가속화할 테지. 아아, 안타깝도다…….』

그렇게 구구절절 이야기했습니다만, 요컨대 고기가 먹고 싶으니 몰래 반입해 와서 먹게 해주길 바란다는 내용이었습니다.

『우선 입국할 때 아마도 짐 검사를 하려 들겠지. 그러나 '신선한 양상추를 전달하러 왔다'라고 말하면 순순히 통과시켜줄 것이다. 만약 문지기 병사가 짐을 보여달라고 부탁해 온다면 '신선도가 떨어지니 그만둬라!'라고 말해버리면 아무 문제도 없다.』

말하길, 이 나라는 채소를 지나칠 정도로 사랑하는 분이 많으며, 대략 그렇게 말해두면 평범하게 입국할 수 있다고 합니다. 그리고 입국해버리고 말았습니다. 저는 살짝 머리가 아파졌습니다.

『나에게 고기를 전달할 수 있을 때쯤, 날짜를 명확하게 해주었으면 한다. 귀공이 전해주는 타이밍에 맞춰서 준비해야만 하는 일이 있다.』

마지막 편지에는 그러한 기술과 함께 집으로 가는 지도가 동봉되어 있었습니다.

저에게 이 일을 위탁한 상인의 말에 따르면 오늘 이 시간을 지정했다고 합니다. 즉, 아르글램 씨라는 분은 이제나저제나 하고 집에서 고기를 기다리는 중일 테지요.

그러니 저는 지도를 노려보며 신선한 고기를 그에게 전해 드려야 합니다.

『그럼 귀공이 오기를 간절히 기다리고 있겠다.』

편지는 그러한 말로 마무리되어 있었습니다.

그나저나.

지도대로 아르글램 씨의 집이라고 여겨지는 곳까지 와보았습니다만.

저는 집의 문 앞에서 잠시 못 박혀 있었습니다.

제법 예쁜 2층 건물로 된 집이었습니다. 유복하다고까지는 할 수 없지만, 나름대로 생활에 여유가 있는 가정일지도 모르겠습니다. 한 면에 잔디밭이 깔린 정원은, 예를 들면 휴일에 바비큐를 즐길 수 있을 만큼 넓고 깔끔했습니다.

"알겠니? 크레리! 고기는 천천히 굽는 게 제일 맛있지. 불 조절을 잘못하면 우리의 고기는 금세 숯이 되고 만다."

아니, 지금 바로 하고 있었군요.

정원에는 바비큐 그릴을 둘러싼 두 남자가 있었습니다. 이미 바비큐를 시작했는지, 그릴 위에서 연기가 피어올랐습니다.

방금 목소리를 높였던 이는 겉모습은 20대 정도로 보이는 남성. 머리는 빨강. 키는 컸고, 체격은 평균적이었으나 목소리만은 크고 어조에는 약간 허세가 엿보였습니다. 왠지 모르게 저 남성이 아르글램 씨가 아닐까 싶었습니다.

"하지만 형……."

아르글램 씨로 보이는 남자 맞은편에서 머뭇머뭇하며 그를 올려다보고 있는 것은 크레리──라고 불린 남자아이였습니다. 나이는 열 살 정도일까요? 아르글램 씨로 보이는 분과 마찬가지로 빨간 머리카락을 가진 크레리 씨는 몸도 가늘고 피부도 희고, 어딘가 덧없는 인상을 주었습니다.

대화를 보았을 때, 두 사람은 형제인가 봅니다.

형을 살피듯이 올려다보고, 그리고 그릴 위에서 연기를 피워올리는 것을 바라보며 크레리 씨는 중얼거렸습니다.

"이거, 그냥 나무 판인데……?"

직후에 그릴 위에서 불이 솟구쳤습니다.

"그래 나무 판이다!"

그릴 위에서 춤추는 불길을 바라보며 뜨겁게 말하는 것은 아르글램 씨.

"좋아, 크레리. 우리는 이제 곧 고기를 구울 거다. 하지만 생각해 봐라. 역시 모든 일에 예행연습은 필수 불가결하다고 보지 않니?"

"나무 판으로는 연습이 안 돼……."

"아니 된다! 연습이 된다! 눈을 감는 거다 크레리!"

"? 응."

"……그릴 위에서 춤추는 고기가, 보이지 않니?"

"…………."

"어떠냐?"

"연기가 매워."

"맵지 않다!"

이미지 트레이닝을 하고 있잖아…….

고기가 아직 전달되지 않았는데 대체 어떻게 바비큐를 시작할 수 있었는가 하는 의문을 느꼈습니다만, 과연. 그릴 위에서 나무 판을 굽는 연습을 하고 계셨군요.

………….

뭔가 잘 알 수 없습니다만 눈물이 나왔습니다.

연기 탓일까요?

○

"상인 나리! 기다리고 있었다. 내 이름은 아르글램. 고기의 탐구자다!"

문에 노크한 순간 갑자기 이상한 자기소개를 시작한 것은 빨간 머리카락의 형 쪽. 역시 그가 아르글램 씨였나 봅니다.

"그리고 이쪽이 크레리! 사랑하는 내 동생이지!"

사랑하는 동생이라고 불린 크레리 씨는 형에게 매달린 채 이쪽을 살피고 "아, 안녕하세요……" 하고 제게 인사를 했습니다.

아무래도 경계하고 있는 모양입니다.

"네. 안녕하세요."

그래서 저는 애써 미소를 지으며 마주 인사를 했습니다만.

"…………."

크레리 씨는 주춤주춤 형의 뒤로 숨어버렸습니다.

"하하하! 미안하군. 내 동생은 조금 낯을 가리거든."

툭, 동생의 머리에 손을 올리는 아르글램 씨.

"그나저나 상인 나리. 예의 그 물건은 가져왔나?"

과장된 말투의 그는 이쪽으로 손을 내밀었습니다.

한 가지 오해가 있군요.

"저는 상인이 아닙니다. 여행하는 마녀입니다. 상인분께 부탁을 받아서 대리로 전달하러 왔습니다."

그렇게 정정하며 고기가 담긴 꾸러미를 그에게 건넸습니다.

"여기 주문하신 물건입니다."

제 손에서 무거운 고기 꾸러미가 사라졌습니다.

"오오……오오오오오!"

아르글램 씨는 매우 감동했습니다. 고기 꾸러미를 높이 들어 올리며 "기다렸다! 나는 이 순간을 줄곧 기다리고 있었다!"라며 조금 허풍이 심하지 않은가 생각할 정도로 환희.

"분명 이 나라에서는 고기를 살 수 없다고 했던가요?"

편지에는 그렇게 쓰여 있었습니다.

"그래! 작금의 우리나라는 채식주의자가 주를 이루고 있지. 현재 나 같은 사람은 구석에 몰려 학대당하고, 비참한 하루하루를 보내고 있다."

"…………."

저는 주변을 둘러보았습니다.

단독 주택. 넓은 마당. 연기가 오르는 바비큐 그릴. 제법 질이 좋아 보이는 옷을 차려입은 형제.

……비교적 유복한 생활을 하고 있는 것처럼 보입니다만.

"부모님은 무얼……?"

"…………."

제 질문에 그는 침묵했습니다.

고기를 끌어안은 그의 손이 천천히 늘어뜨려졌습니다. 그리고 그는 고개를 떨구고 가라앉은 목소리로 이렇게 대답했습니다.

"……이 나라가 크게 변해버린 것은 지금으로부터 8년 정도 전의 일이다. 현재 우리나라의 대표인 가란 씨가 내놓은 정책 중 하나로, 전 국민 채식화 계획이라는 것이 있었지. 올해에 이를 때까지 천천히 오랜 시간에 걸쳐서 모든 국민에게서 고기를 거두어들이는 아주 무시무시한 계획이었다."

그의 말에 따르면 이 나라는 이전부터 채식을 좋아하는 사람이 많은 편이었고, 가란 씨라는 사람이 내놓은 그 정책을 칭찬하는 목소리도 많았다고 합니다. 한편 아르글램 씨 같은 고기를 좋아하는 쪽의 목소리는 묵살되었고, 깨닫고 보니 구석에 몰려 있었다고 합니다.

"내 어머니도 이전에는 나라를 위해 일하던 총명한 여성이었다. 가란 씨가 내놓은 무리한 정책에는 누구보다도 반대했었지."

이 부분에서 그의 목소리는 떨렸습니다.

"……하지만, 어머니는 이제……."

분명 저는 물어서는 안 되는 것을 묻고 만 것일 테지요.

"아버지도 내가 어릴 때 집을 나가버렸다. 이제 크레리에게 고기를 먹여줄 수 있는 건 나 정도뿐이지."

8년 전에 고기를 먹지 못하게 하는 정책이 세워졌다고 한다면, 분명 크레리 씨는 제대로 고기를 먹어본 적이 없을 테지요.

"……고기."

빤히 꾸러미로 시선을 보내는 크레리 씨의 모습이 그곳에는 있었습니다.

"자, 크레리! 특훈의 성과를 살릴 때가 왔다! 고기를 굽자! 가능한 한 천천히!"

드높게 선언하고, "고맙다. 마녀 나리!"라며 제게 인사를 한 다음 그는 몸을 돌려 연기가 피어오르는 바비큐 그릴 쪽으로 걸어갔습니다.

하지만 괜찮은 걸까요?

아르글램 씨의 이야기가 사실이라고 한다면, 이 나라에서 고기를 먹는 것은 그다지 좋지 않은 일이 아닐까요?

그럼에도 불구하고 이렇게나 당당하게 정원에서 고기를 구워버리면, 문제가 생기지 않을까요?

적어도 이웃 주민에게는 아르글램 씨와 크레리 씨가 고기를 먹는다는 사실을 이미 들켰으리라고도 생각됩니다만······.

그렇게.

제가 고개를 갸웃거리며 아르글램 씨와 크레리 씨의 뒷모습을 바라보고 있을 때의 일이었습니다.

"네 놈드ㅇㅇㅇㅇㅇ을! 이런 데서 무슨 짓이냐!"

역시라고 할까, 예상대로라고 할까.

그들의 집 주변으로 수많은 병사들이 나타났습니다.

············.

당연하게도 들켰군요.

○

고기를 그들에게 양도한 장본인인 저입니다만, 안타깝게도 "아, 그럼 저는 이만" 하고 재빠르게 도망치지도 못한 채, 결국 저도 그들과 함께 많은 병사들과 대면하는 꼴이 되었습니다.

병사분들은 하나같이 이쪽으로 창을 들이대고 술렁거렸습니다.

"크윽······! 이 냄새는 뭐야?!" "고기다! 이 녀석들 고기를 먹으려고 했어!" "동물 사체를 먹다니! 믿을 수 없군!" "뭔가 매캐하지 않아?"

과연, 이 나라에서 고기를 먹는 일이 기피되고 있다는 이야기는 사실인가 봅니다.

어느샌가 병사들만이 아니라 이웃 주민까지도 소곤소곤 대화를 나누며 저희의 모습을 멀리서 가만히 바라보고 있는 지경이었습니다.

병사 중 한 명, 아마도 이곳의 지휘를 맡은 병사분——편의상 병사장님이라고 부르기로 하지요——은 고기 꾸러미를 끌어안은 아르글램 씨를 노려보고, 목소리를 높였습니다.

"네 놈! 이런 대낮부터 바비큐라니, 어쩔 셈이냐! 어서 불을 꺼!"

그러나 아르글램 씨는 그 명령을 바로 거부했습니다.

"거절한다! 왜냐하면 여기에 고기가 있고, 그것을 원하는 내 동생이 있기 때문이다!"

그들의 주장은 평행선을 달렸습니다. 합의는 아마도 불가능할 테지요.

"혀, 형……."

갑자기 포위되어 당황한 크레리 씨는 한층 더 형에게 꼭 매달렸습니다.

"걱정할 것 없다. 크레리. 우리는 나쁜 짓은 하나도 하지 않았어. 살아 있는 존재로서 당연한 권리를 주장하고 있을 뿐이다."

"동물들의 권리를 지키는 것이 우리나라의 사명이다."

병사장님은 아르글램 씨 쪽으로 한 걸음 다가섰습니다.

"우리는 가축으로서 살고, 죽임을 당하는 동물들에게 자유를 주기 위해 채식의 나라가 되었다. 그 꾸러미를 이쪽으로 넘겨라!"

"거절한다고 말했다!"

"너는 죽임 당한 동물들에게 미안하다고 생각하지 않는 것이냐!"

"그렇다면 너희는 가축에게 물어보기라도 했나? 가축으로서 살고 죽는 것은 허무하다는 말을 들었나? 채소에게는 물어보았나? 뿌리를 잘리고 열매를 뜯겨 비참하게 죽임당해도 괜찮다고 죄를 용서받았나?"

"채소는 비명을 지르거나 하지 않아!"

"목소리 없는 자에게 귀를 기울이지도 못하는 자가 권리를 말하지 마라!"

이거 고기 이야기 맞죠?

묘하게 열정적으로 이야기하는 두 사람에게 저는 완전히 무시당하고 있었습니다. 모처럼 운반해 온 고기가 이대로는 상해버리지 않을까 싶었고, 또 딱히 할 일도 없었던지라 저는 일단 서둘러 고기 꾸러미를 아르글램 씨의 손에서 회수했습니다.

지팡이를 꺼내서 마법으로 차가운 냉기를 쐬어두었습니다.

"우와, 대단하다."

병사분과 이러쿵저러쿵 토론하고 있는 형의 열기에 노출되었는지, 시원한 공기를 원하며 크레리 씨가 제 지팡이에 이끌려 자박자박 이쪽으로 걸어왔습니다.

"그렇고말고요."

저는 차가운 공기를 크레리 씨에게 보내주었습니다.

"시원해……."

크레리 씨의 부드러운 머리카락이 살랑였고 어린 얼굴에 미소가 떠올랐습니다.

"누나, 마법사야?"

"그렇답니다."

대단하죠? 하고 말하듯 열 살 소년에게 으스대는 마녀가 있었습니다.

저입니다.

"대단해!"

순수한 소년은 동그란 눈동자를 반짝반짝 빛냈습니다. 눈부셔…….

시간이 남아돌았고, 거기에 더해 소년을 상대하며 기분이 좋아진 저는 "이런 것도 할 수 있습니다"라며 고기 꾸러미를 옆에 내려놓고서 지팡이를 조작했습니다. 그리고 계절에 맞지 않는 자그마한 눈사람을 만들어내거나, 혹은 그의 머리카락을 풀로 묶거나. 또는 고기 꾸러미 주변에 얼음 기둥을 만들어내거나 했습니다.

아무튼 그런 식으로 시간을 보냈습니다.

"내놔!" "거절한다!" "내놓으라고!" "거절한다고 했다!"

그러나 병사장님과 아르글램 씨 두 사람은 과열되어가기만 할뿐, 이제는 도저히 진정될 것 같지 않았습니다.

"……형님은 언제나 저런 느낌입니까?"

한창 놀아주던 중에 몰래 귓속말을 한 번.

크레리 씨는 고개를 끄덕였습니다.

"형은 고기가 얽히면 사람이 변하거든……."

"? 당신이 먹고 싶어 하는 게 아닌가요?"

고기를 원하는 동생분을 위해 애쓰는 거라고 생각했습니다만.

"나는 딱히 어느 쪽이든 상관없어."

"그렇군요."

당신은 당신대로 엄청나게 무미건조하군요.

이 형제는 아무래도 성격이 정반대인 모양입니다.

"나는 고기가 먹고 싶다! 그걸 어째서 모르는가!"

형님 쪽은 매우 극단적일 정도로 뜨거운 사람인가 봅니다. 과연 대체 어떤 가정에서 자라면 이렇게까지 재미있는 형제가 완성되는 것일까요?

"어머나? 이런 대낮부터 모여서 뭘 하는 거지?"

그렇게, 대략 그런 타이밍에 두 사람의 집에서 한 여성이 나타났습니다. 날씬한 체형에 차분한 분위기를 가진 성인 여성이었습니다. 나이는 30대로도 40대로도 보였습니다.

대체 누구신지?

"어머니!"

아르글램 씨는 여성을 그렇게 불렀습니다.

……네?

"살아 계셨습니까?"

"돌아가셨다고는 한마디도 안 했다."

"아니 돌아가신 것 같은 분위기였던지라."

그만 어머님은 돌아가셨고, 아버님도 오래전에 집을 나간 후 홀로 동생분을 지키며 사는 훌륭한 형님, 이라고 생각했었습니다.

"과거의 어머니는…… 이미 안 계신다…….''

갑자기 진지한 분위기가 되는 아르글램 씨. 그러나 그 옆에서 "무슨 일 있니? 응? 응?" 하고 아드님의 소맷자락을 쭉쭉 잡아당기는 어머님이 계신 탓인지 분위기는 전혀 살지 않았습니다.

"예전엔 고기를 잘 드시는 멋진 여성이었지만, 지금 식탁에 올라오는 것은 채소들뿐……. 게다가 요즘은 무농약이니 유기농이니 잘 알 수 없는 단어를 늘어놓는 지경이다……."

"오늘 밥은 무농약 양배추롤이란다."

곧바로 잘 알 수 없는 단어가 옆에서 날아들었습니다.

"예전처럼 포동포동한 여성으로 돌아와 주었으면 한다…… 나는……."

"참고로 양배추롤 속도 양배추란다."

그건 그냥 찐 양배추가 아닌가요?

그나저나 포동포동한 여성이 취향이라니.

"요컨대 뚱뚱한 여성을 좋아하는 건가요?"

"그래. 이상을 말하자면 나의 두 배는 되었으면 한다."

"당신 이 나라에서 나가는 편이 좋겠습니다."

"역시 그런가."

"참고로 묻겠습니다만, 아버님은 어디 가셨습니까?"

"출장을 갔을 뿐이다."

"…………."

엄청나게 평범한 가정이로군요…….

"우후후. 그나저나 병사분들은 대체 어쩐 일이신지?"

아무래도 아르글램 씨의 어머님이 나라를 위해 일했던 관리님이었다는 말은 사실이었나 봅니다.

어머님은 병사분들 쪽으로 다가가 두세 마디 말을 나누더니 "아들한테는 제가 말해두겠습니다" 하고 병사분들을 간단히 내쫓아 버렸던 것입니다.

그리고서 빙글 몸을 돌리는 어머님.

"법석도 좀 정도껏 떨어두겠니?"

꿍, 아르글램 씨의 머리에 주먹이 꽂혔습니다.

"그럼. 나는 양배추를 사 올게."

그리고 어머님은 훌륭한 수완으로 소동을 수습하는가 싶더니, 그대로 한낮의 장보기에 나서 버렸습니다.

"내 어머니도 사실은 고기를 원하고 있을 거다——."

아르글램 씨는 어머니의 뒷모습을 바라보다 고개를 떨구었습니다.

"8년 전 선거에서 내 어머니에게 승리한 가란 씨는, 국내에서의 육식을 엄격하게 금지하는 현 체제를 마련했다. 내 어머니는 마지막까지 저항했지. 하나, 그 무렵에는 이미 여론은 가란 씨의 편이 되어 있었다. 내 어머니는 굴복할 수밖에 없었지——."

"과연……."

그런 일이 있었던 거로군요…….

"어머니의 원통함을 풀기 위해서도, 나는 고기를 구워야만 한다."

"아니 그 이유는 좀 이해가 안 됩니다……."

의미를 모르겠습니다.

그리고서 그는 묘하게 연기하는 느낌의 움직임으로 빙글 이쪽을 돌아보더니.

"자, 크레리! 고기를 굽자! 길고도 긴 시간 동안 기다려온 고기가 지금! 여기에 있다!"

"하지만, 형…… 고기 먹으면 양배추롤을 못 먹게 되는걸…….”

"크레리! 무슨 말이냐!"

덥석, 아르글램씨는 동생분의 어깨를 움켜쥐었습니다.

"고기 배는 따로 있다!"

"뭐어……?"

"자, 내 말을 따라 해라! 고기 배는 따로 있다!"

"고, 고기 배는 따로 있다…….”

"목소리가 작다! 고기 배는 따로 있다!"

"고기 배는 따로 있다!"

"좋아!"

아니 아무리 생각해도 따로 있지 않습니다만.

뭐 이래저래 짧은 시간 동안 여러 가지 일들이 있었지만, 제 일도 끝났으니 이제 그만 작별입니다.

아르글램 씨가 너무나도 고기 고기 하고 연호한 탓에 저까지 고기가 먹고 싶어졌습니다.

오늘 저녁 식사는 고기로 할까요?

"아, 그럼 저는 이만——."

그렇게, 저는 서둘러 이 나라에서 나가기 위해 아르글램 씨에게 다시 고기 꾸러미를 건네려 했습니다만.

조금 전까지 제가 냉기로 보호하고 있던 그것을 주워 들려 했습니다만.

"…………?"

어라?

대체 어찌 된 것일까요? 제가 놓아두었던 곳에는 얼음 기둥만이 쓸쓸하게 서 있을 뿐, 고기 꾸러미의 모습은 어디에도 없었습니다.

"고기가……."

마치 연기처럼 사라지고 말았습니다.

"이런 말도 안 되는! 내 고기는 대체 어디로 가버렸지?!"

제 뒤를 이어 아르글램 씨도 사태를 깨달았습니다. 그러나 둘이서 아무리 주변을 살펴보아도 고기 꾸러미는 어디에도 없었습니다.

대체 어찌 된 것일까요?

불가사의한 현상에 제가 고개를 갸웃거리고 있으려니, 크레리 씨가 제 로브 자락을 쭈욱 잡아당겼습니다.

"누나, 혹시……."

그는 한 곳을 손가락으로 가리켰습니다.

그곳에는 문 쪽까지 이어지는 계절에 맞지 않는 눈의 흔적. 아무래도 어느 분이 제가 만든 눈을 밟으며 문 쪽으로 걸어간 모양입니다.

"……아."

그제야 이해했습니다.

저와 크레리 씨가 정신없이 노는 사이에 아무래도 병사분들이 몰래 고기를 가져가 버렸나 봅니다. 제가 눈을 떼지 않았다면 아마도 고기는 무사했을 테지요.

…………..

어라?

그렇다는 건, 즉.

고기가 없어지고 만 건, 혹시.

"제 탓인가요……?"

○

제아무리 저라 해도 책임 정도는 느낍니다.

8년 전부터 고기를 먹지 못하게 된 나라에서 위험을 무릅쓰면서도 고기를 몰래 들여와 바비큐에 열중하던 그들을 위해 운반해 온 고기가, 제 탓에 무자비하게도 병사님들에게 빼앗겼다고 하는 상황에서 허둥지둥 도망칠 수 있을 만큼 썩지는 않았습니다.

그런고로.

"고기를 되찾기 위해 나서자!"

아르글램 씨의 제안에는 전면적으로 따를 수밖에 없다고 생각했습니다.

"지금부터 관청에 가서 고기를 탈환한다! 고기를 먹기 위해서는 그것밖에 방법이 없다!"

…………..

아니 그건 좀 성가신데요.

"고기를 다시 사 올까요?"

"아니, 마녀 나리! 마음은 기쁘지만 그건 거절하도록 하겠다!"

73

"……어째서죠?"

"지금 먹고 싶기 때문이다!"

"그렇겠죠. 그럴 줄 알았습니다."

그런고로 저희는 관청에 직접 찾아가 고기를 돌려받기로 했습니다.

그러나 평범하게 관청에 찾아가 "고기 돌려줄래?"라는 말을 지껄인들 그들이 순순히 돌려줄까요? 아뇨 아뇨 설마요.

따라서 어느 정도의 대책을 세우고서 저희는 관청으로 향하기로 했습니다. 아르글램 씨가 말하길, 비책은 세 개 정도 있다고 합니다.

"세 번째 대책은 귀공에게도 협력을 구하고 싶은데, 괜찮겠나?"

"뭐, 딱히 상관없습니다만…… 참고로 어떤 식으로 협력하면 됩니까?"

"그건 말이지——."

세 번째 비책이라는 것을 그는 소곤소곤.

"네……?"

엄청나게 싫어…….

그러나, 입장상 저는 그에게 거스를 수 없는지라 따르기로 했습니다. 운 좋게 세 번째 비책을 쓸 일이 없기를 바라며 저희는 관청에 도착했습니다.

그럼 차례에 따라 아르글램 씨가 짜낸 비책이라는 걸 지켜보도록 하지요.

우선 첫 번째.

"관청의 여러분! 고기를! 내 고기를 돌려주시오!"

아르글램 씨는 연기를 하는 듯한 몸짓으로 관청에 들어가더니, 노래하고 춤을 추듯 빙글빙글 돌면서 소리 높여 외쳤습니다.

요컨대 첫 번째 작전은 평범하게 부탁해본다, 입니다.

결과는 어떠했는가 하면.

"네 놈은 누구냐!" "조금 전의 그 바비큐남이잖아!" "고기는 우리가 가졌다! 돌려줄 수 없어!"

평범하게 포위당했습니다.

"혀, 형……."

또다시 겁을 먹은 크레리 씨.

"걱정하지 마라, 크레리. 예상했던 전개다."

쓱 하고 동생의 머리를 쓰다듬은 아르글램 씨는 병사들 앞으로 한 걸음 내디뎠고, 지참했던 자루에 손을 찔러 넣었습니다.

두 번째 비책이라는 것입니다.

"네 놈들! 이게 뭔지 알겠나?!"

그의 손에는 식칼과 몇 개의 채소가 들려 있었습니다.

"이 이상 나에게 접근하면, 이 채소들이 어찌 될지…… 알겠지?"

식칼로 찰싹찰싹 채소를 때리는 아르글램 씨.

괜찮겠습니까? 함부로 자극하면 이 채소를 베어버릴 건데요? 알겠습니까? 라고 말하고 싶은 듯한 분위기로, 그러니까 아르글램 씨에게 있어 그의 손에 들린 채소들은 인질이나 마찬가지인 모양이었습니다.

…………．

이런 게 먹힐 리 없지 않습니까? 하고 저는 뒤쪽에서 그를 바라보며 생각했고, 심지어 아르글램 씨에게 달라붙어 있던 크레리 씨도 "혀, 형······" 하고 중얼거리면서도 거리를 벌리더니 "형이 이상해졌어······" 단호하게 그렇게 말씀하시기까지 했습니다.

"아마도 본인은 매우 진지할 거라고 생각합니다."

그럼 병사분들의 반응을 보도록 하지요.

아르글램 씨의 엉뚱하면서도 조금 크레이지한 범행을 앞에 두고 병사분들은 서로 얼굴을 마주 보더니 술렁이기 시작했습니다.

이렇게.

"저, 저 녀석······! 채소를 어쩔 셈이냐!" "그만둬! 그 아이들은 죄가 없어!" "진정해, 바비큐남! 대화로 하자고!"

············.

"병사분들이 이상해졌어······."

"아마도 원래 저럴 거라고 생각합니다."

이 자리의 분위기를 따라가지 못하고 방치된 것은 아무래도 크레리 씨와 저뿐인가 봅니다. 병사분들은 당황했고, 몇몇 분들은 이미 무기를 내려놓고 손을 들기 시작하는 지경이었습니다.

어라라?

혹시 이제 제가 나설 자리는 없는 걸까요?

그것은 그것대로 기쁜 일입니다만──.

"무슨 소동이냐."

그때, 뒤늦게 나타난 병사 한 분이 계셨습니다.

조금 전 아르글램 씨와 뜨겁게 동물의 권리가 이러니저러니 하며 이야기를 나누었던 병사장님이었습니다. 그는 아르글램 씨의 얼굴을 보자마자 험악한 표정으로 노려보았습니다.

"네 놈……! 바비큐남인가!"

조금 전부터 신경이 쓰였습니다만, 바비큐남이라니 뭡니까?

"그렇다! 내가 바비큐남이다!"

그리고 아르글램 씨는 아르글램 씨대로 싫지만은 않은가 봅니다. 그런 겁니까?

"이런 곳까지 오다니 무슨 용건이지? 설마 고기를 돌려받으러 온 건가──."

"바로 그렇다!"

가슴을 펴고, 아르글램 씨는 병사장님을 똑바로 노려보았습니다.

"네 놈, 내 고기를 어쨌나!"

"방금 가란 님에게 전달하고 온 참이다."

가란 님. 현재 이 나라에서 가장 높은 분이었지요? 분명.

"그 고기가 어디에서 반입된 것인지를 조사하고, 유입을 더욱 엄격하게 단속하기 위해 제출했다."

"뭐…… 뭐라고……?!"

가란이라는 이름을 들은 순간 아르글램 씨의 손이 떨렸습니다.

제법 큰일이 되어버린 상황에 흥분한 것일까요?

그런 그의 동요를 무시하고, 병사장님은 그 입가에 음흉한 미소를 띠었습니다.

"크크크…… 지금쯤 그건 발가벗겨져 구석구석까지 조사당하고 있을 테지……."

고기 꾸러미를 열었다는 뜻이지요?

"크윽……! 이 비열한!"

아무래도 당연한 일이라고 생각합니다만?

"그 고기는 이제 포기해라. 시간 낭비다. 집에 돌아가서 양배추 롤이라도 먹어라."

"그런 게 가능하겠나!"

아르글램 씨는 결의를 하고서 이곳으로 찾아왔습니다. 이제 와서 물러나다니, 불가능할 테지요.

"나는…… 나는 고기를 돌려받을 때까지 돌아갈 수 없다……! 비켜라! 나는 가란 씨가 있는 곳으로 가겠다!"

"거절한다."

"그렇다면 이 손으로 채소를──."

그리고 그는 식칼을 채소에 들이댔습니다만.

"훗…… 네 놈이 그런 짓을 할 수 있을까?"

"…………!"

작게 동요하는 아르글램 씨. 그리고 병사장님은 그 작은 틈새를 놓치지 않았습니다.

"농가가 돌보며 키운 채소를 못 쓰게 하는 짓을, 네 놈이 할 수 있겠나……?"

"…………윽!"

쨍강하고 식칼이 바닥에 떨어졌고, 아르글램 씨는 무너져내렸습니다.

"못 한다……! 나에게 그런 짓은, 불가능하다……!"

………….

저는 지금 무얼 보고 있는 것일까요?

두 번째 비책이라는 것은 아무래도 아르글램 씨 본인의 의사에 따라 중단되었다, 라고 보아도 될 테지요?

그렇다는 것은.

"마녀 나리! 그것을!"

세 번째 비책이 나올 차례군요. 예예 알았습니다.

"……정말로 하는 겁니까?"

"부탁한다."

그의 눈에는 강한 의지가 깃들어 있었습니다.

이제 와서 물러나는 것도 불가능합니다.

그렇다면, 할 수 없지요.

"……어떻게 되든 저는 모릅니다."

저는 형식적인 충고를 하고서 지팡이를 손에 들고 마력을 담았습니다.

그리고 그려낸 것은, 사물에 생명을 깃들게 하는 마법.

직후였습니다.

그의 손안에 있던 채소들에 생명이 스며들었습니다.

이제 아시겠지요?

아르글램 씨의 세 번째 비책이라는 것은, 요컨대 채소들의 단말마를 직접 이 나라 분들에게 들려주는 것이었습니다.

이때 아르글램 씨의 손에 있던 것은 오이와 토마토였습니다만.

『부인…… 남편분이 돌아오지 않은 때 이런 곳으로 오이인 저를 불러내다니…… 이게 어떤 상황인지, 알고 계신 겁니까?』

『자, 잠깐…… 아직, 마음의 준비가…….』

『후후후…… 그런 말을 하신들 이미 이렇게 빨갛게 달아올라 있지 않습니까…….』

『그, 그런 말 하지 마…….』

아니 이건 전혀 단말마가 아닙니다만.

…………

"누나. 안 들려."

내용이 내용인지라 저는 크레리 씨의 귀를 막았습니다. 이건 좀 들려줄 수가 없군요.

"이런 이야기는 조금 더 어른이 되고서 듣기로 해요."

"하지만 누나."

"네."

"어른들도 거의 듣고 있지 않은데."

오이와 토마토가 나누는 의미 불명의 대화가 중단되었을 무렵에는, 주변 일대가 아비규환 상태였습니다. 병사들은 "으아아아아아아!" 하고 머리를 끌어안고, "이제 토마토 못 먹겠어……"라며 전의를 상실하고, 혹은 "오이가 남자였구나……"라며 넋이 나간 사람도 있는가 하면, "유부녀 토마토라…… 괜찮은데……" 같은 새로운 성벽을 개척하는 사람까지 다종다양.

이 나라의 앞날이 걱정되는 광경 옆, 오이와 토마토의 주인인 아르글램 씨의 상태로 말하자면.

"이렇게 보니 뚱뚱한 것처럼 보이기도 하는데……."

뭔가 의미심장한 눈빛을 토마토에게 보내고 있었습니다. 개척하려 하고 있습니다.

"…………."

저는 그런 그를 보며 할 말을 잃었고.

"혀, 형……."

제 옆의 크레리 씨는 오늘 몇 번이나 반복했는지도 알 수 없는 대사를 뱉으며 조금 실망하고 있었습니다.

대략 그런 느낌의 흐름을 거쳐, 저희는 고기를 회수하기 위해 가란 님이라는 사람에게로 향했습니다.

○

"여기냐아아아아아아아아아아아아아아아아!"

아르글램 씨의 외침과 함께 문은 열렸습니다.

관청의 최상층. 가장 안쪽 방에 가란 씨의 집무실이 있었습니다. 넓은 방 안, 한 명의 장년 남성이 신경질적인 표정을 하고서 책상을 마주하고 있었습니다.

"……자네들은 뭔가?"

그 손에는 나이프와 포크.

식사 중이었습니다.

"흥, 이런 때 식사라니 느긋하군그래."

몹시 화가 난 아르글램 씨는 거친 발걸음으로 그를 향해 다가갔습니다.

"우리는 이 나라에 자유를 되찾으러 왔다! 우선 우리 고기를 돌려주실까!"

"고기……?"

아르글램 씨를 올려다보는 가란 씨. 경악으로 눈을 크게 부릅떴습니다.

"자네는……! 대낮부터 바비큐를 했다고 하는 바비큐남인가!"

"그러하다!"

"그런가──."

그렇게 대꾸한 가란 씨는 나이프와 포크를 책상에 내던지며 일어섰습니다.

키는 아르글램 씨보다 조금 컸고, 체격도 옷 너머로도 알 수 있을 만큼 탄탄한 인상이 있었습니다.

가란 씨는 그를 내려다보며.

"거절하네! 우리나라의 규칙에 반하는 것을 그대로 둘 수는 없어! 고기는 우리 쪽에서 처분하도록 하겠네!"

"그건 나의 사랑하는 동생을 위해 어렵게 구한 고기다!"

"어떠한 목적으로 구했다 한들, 그걸 방치할 수는 없어!"

"어째서냐? 어째서 금지하는 거지?! 고기의 무엇이 안 된다는 거냐!"

"너야말로 어째서 이해하지 못하는 것이냐?! 우리나라에는 욕망을 억누르며 동물을 지키려 하는 사상이 있다!"

"다른 사람들이 억누르며 견디고 있으니 나도 견디라는 건가? 자신의 욕망을 눌러 죽여야만 하는 인생 따윈 의미 없다!"

"다른 사람들처럼 너도 견뎌봐라!"

"강요하지 마! 사상이란 강요하는 것이 아니다! 서로 이해해나가는 것이다!"

제법 뜨거운 말의 응수가 펼쳐지고 있는 듯한 느낌입니다만, 그러나 이것은 고기를 두고 하는 논쟁이라는 것, 그리고 아르글램 씨가 조금 전까지 토마토를 향해 욕정을 드러내려 했다는 것을 잊어서는 안 됩니다.

"크윽…… 대화를 나눠본들 결말이 나지 않을 것 같군."

이윽고 목이 쉰 아르글램 씨는 그렇게 내뱉더니, 어째선지 그 자리에서 윗옷을 벗기 시작했습니다.

왜 그러는 걸까요? 더운 걸까요?

"아무래도 주먹으로 대화하는 편이 낫겠다──."

…………

뭐라고요?

"훗…… 그립군그래. 나도 젊을 때는 그랬지──."

어이없어하는 저와 "혀, 형……?" 하고 곤혹스러워하는 크레리 씨를 무시한 채, 어째선지 가란 씨까지도 그 자리에서 윗옷을 벗기 시작했습니다. 저는 청소년의 순수함을 지키기 위해 일단 크레리 씨의 두 눈을 가렸습니다.

"누나. 안 보여."

"여기서부터는 조금 더 어른이 되고서 보기로 해요."

그렇게 평화로운 대화를 나누는 저희의 눈앞에서는 이미 윗옷을 옆으로 휙 벗어 던지고 반라가 된 두 남자가 서로를 노려보고 있었습니다.

나이에 비해 탄탄한 육체를 자랑하는 장년의 가란 씨가 자세를 잡더니.

"자, 언제든 와라. 애송이——."

그리고 가늘지만 쓸데없는 지방은 하나도 없는 아르글램 씨는 답했습니다.

"애송이가 아니다——."

그리고 그는 발을 내디디며 외쳤습니다.

"내 이름은 바비큐남이다!"

라고.

그리고 두 명의 남자는 충돌했습니다.

서로 사양도 배려도 없이, 짐승처럼 우렁차게 외치며 뻗어진 것은 그저 움켜쥔 주먹. 가란 씨의 오른쪽 뺨에 아르글램 씨의 주먹이 파고들었고, 아르글램 씨의 왼쪽 뺨에 가란 씨의 주먹이 파고들었습니다. 두 사람의 격렬한 주먹다짐이 그렇게 시작되었던 것입니다.

장절한 소리가 집무실에 울려 퍼졌습니다.

"누나, 이 소리는 뭐야?"

"살과 살이 맞부딪히는 소리입니다."

"살코기를 서로 던지는 거야? 고기 파티야?"

"아뇨지옥도입니다."

두 사람의 싸움은 가란 씨 쪽이 조금이지만 우세한 듯 보였습니다. 아마도 상당히 단련한 것일 테지요. 그는 아르글램 씨의 주먹에 몇 번을 맞아도 꿈쩍하지 않았습니다. 마치 강철로 뒤덮인 육체 같습니다.

한편 아르글램 씨로 말하자면.

"우억!" 맞고.

"크헉!" 차이고.

"흐어어어어어어억!" 뺨을 맞고, 제 바로 옆에 쓰러졌습니다.

…………

"왜 그러지? 겨우 그 정도인가?"

고작 몇 번의 주먹을 주고받았을 뿐이건만, 아르글램 씨는 이미 만신창이. 내려다보는 가란 씨는 재미없다는 듯이 어깨를 으쓱였습니다.

"아, 아직이다……!"

그러나 바비큐남이 아니라 아르글램 씨는 몸을 일으켰습니다. 고기를 손에 넣을 때까지 그에게 후퇴는 허락되지 않았던 것입니다.

그나저나 이런 곳에 있다간 괜히 휘말려 들지도 모릅니다.

"잠시 이동할까요?"

저는 크레리 씨의 눈을 가린 채, 치고받는 두 남자의 옆을 재빠르게 이동. 이유도 모르고 연행된 크레리 씨를 그대로 집무실 책상 너머로 이끌었습니다.

뭐, 여기에 있으면 적어도 맞아서 날아가던 아르글램 씨가 저희와 부딪힐 일은 없을 테지요.

"아, 좋은 냄새가 나."

시야가 가로막혔던 크레리 씨는 코가 조금 민감해진 모양이었습니다.

"누나, 이거 무슨 냄새야?"

"? 그게……."

아마도 조금 전 가란 씨가 먹고 있던 것일 테지요.

저는 책상을 바라보았고.

"…………."

그리고 침묵했습니다.

이 나라에서는 조금 이상할 터인 것이 그곳에 있었습니다.

여기는 녹색과 조화의 나라. 채소를 먹는 사람만 남게 된 이 나라에서는 고기가 금지되어 있어, 예를 들면 동생에게 먹일 수만 있다면 위험을 무릅쓰고서라도 외국에 주문을 해야만 하는 것입니다. 그 정도로 이 나라에서는 고기를 기피하고, 좋아하는 사람은 전부 괴롭힘을 받았습니다.

그런데.

"……햄버그가 있네요."

가란 씨의 책상에는 먹던 중인 햄버그가 놓여 있었습니다. 햄버그입니다. 통상적으로 고기를 쓰는 것이 전제인 요리가, 그곳에는 있었던 것입니다.

어라라? 이것은 대체 어찌 된 일일까요?

"앗……! 아, 아냐! 그게 아니다!"

말할 것도 없이 이 나라의 높으신 분이 드시기에는 다소 부적절한 음식이라는 것은 부정할 수 없었습니다. 가란 씨는 이쪽을 돌아보더니 매우 당황했습니다. 그리고 "그건 평범한 햄버그가 아니다! 두부 햄버그다!" 같은 변명을 하는 지경.

그러나 안타깝게도 그러한 변명이, 그렇게 저희 쪽으로 주의를 돌려버린 것이, 그의 유일한 실책이었습니다.

"한눈팔지 마라!"

아르글램 씨가 날린 혼신의 일격이, 단 한순간의 틈을 만든 가란 씨의 턱에 직격했습니다.

"부, 불찰……!"

강철 같은 육체가 둥실 떠올랐고, 가란 씨의 몸은 그대로 집무실 바닥에 내동댕이쳐져 쓰러졌습니다.

승패는 정해졌다고 보아도 될 테지요.

"나의 승리다——."

주먹을 들어 올리는 아르글램 씨. 승리와 고기는 그의 수중에 있다 해도 과언은 아닐 테지요. 그나저나 슬슬 크레리 씨의 눈을 자유롭게 해주고 싶으니, 냉큼 옷을 입어주세요 하고 생각할 뿐이었습니다.

"누나."

쭈욱, 제 소매를 잡아당기는 크레리 씨.

"어떻게 됐어?"

제게로 고개를 돌린 그의 눈은 변함없이 제 손으로 가려져 있었습니다. 저는 일단 아르글램 씨와 크레리 씨를 번갈아 바라보았고.

"이제 바비큐를 먹을 수 있을 것 같네요."

그렇게만 답해두었습니다.

○

제법 넓은 마당에서 좋은 냄새와 함께 연기가 피어올랐습니다.

바비큐 그릴 위에서는 탈환해 온 고기들이 지글지글 구워지고 있었고, 그 앞에서 형제가 안절부절못하며 적당히 구워지는 때를 기다리고 있었습니다.

"알겠니? 크레리! 고기는 천천히 굽는 게 제일 맛있지. 불 조절을 잘못하면 우리의 고기는 금세 숯이 되고 만다."

"으, 응!"

참으로 흐뭇한 광경입니다.

저녁 식사 전이고, 어머니에게도 고기를 맛보여 드리고 싶다는 이유로 그릴 위에는 딱 세 점의 고기밖에 놓여 있지 않았지만, 그래도 형제는 다투는 일 없이 고기가 구워지기를 기다렸습니다.

결국, 우리는 바비큐를 실행하기에 이르렀습니다.

"그나저나 의외였네요――."

저는 이곳으로 돌아올 때까지의 경위를 반추하며 말했습니다.

"설마 허가를 해주다니."

주먹과 주먹으로 아르글램 씨와 가란 씨가 싸운 결과, 아르글램 씨가 간신히 승리를 쟁취하기는 했습니다만, 가란 씨는 의외로 순순히 고기를 돌려주었던 것입니다.

게다가.

『나의 패배다……. 좋을 대로 해라.』

그렇게 대낮부터 마당에서 바비큐를 하는 것도 허가해주었던 것입니다.

"패자는 승자를 따른다…… 그것이 남자들 세계의 상식이다. 마녀 나리."

고기를 뒤집으며 그리 말하는 아르글램 씨.

국내에 고기 유입을 금지한 사람으로서 가란 씨에게 대체 어떠한 심경의 변화가 있었는지는 분명하지 않지만, 아마도.

"원래부터 그 사람도 채식주의자였던 건 아니었죠?"

저는 여행자이기 때문에 나라의 사정에 관해서는 그다지 밝지 않습니다만, 여기서 들은 이야기를 정리하자면 가란 씨는 아르글램 씨의 어머니와 이전 선거에서 경쟁했다고 합니다.

예를 들면 이 나라가 원래 채식주의자가 많은 나라였고, 선거에서 아르글램 씨의 어머니에게 이기기 위해── 여론을 제 편으로 만들기 위해서는 채식주의자들의 마음을 얻는 것이 가장 합리적이었던 것이 아니었을까요?

그러나 가란 씨는 두부로 만든 햄버그를 먹고 있었습니다. 아마도 딱히 채소를 참을 수 없이 좋아한다거나 한 것도 아닐 테지요.

『정말이지── 역시 고기를 금지했던 것은 실책이었다…….』

저희가 관청을 나오자마자.

그는 이미 식어버린 두부 햄버그를 입에 넣으며 큰 한숨을 내쉬었습니다.

자신의 욕망을 눌러 죽여야만 하는 인생 따윈 의미 없다, 라는 건 대체 누구의 말이었을까요.

"이번 일을 계기로 육식 규제도 완화되면 좋을 텐데."

구워지는 고기를 보며 아르글램 씨는 조용히 중얼거렸습니다.

"뭐, 앞으로 느긋하게 바뀌어가지 않을까요?"

기다리는 건 특기잖아요? 하고 저는 그를 바라보며 말했습니다.

그는 멍하니 바비큐 그릴을 바라보며 중얼거렸습니다.

"느긋하게라……."

네, 그렇습니다.

"바로 고기를 굽는 것처럼, 느긋하게요."

©Azure

제 4 장

새 가 춤추는 집

○ 재의 마녀

엷은 구름이 희미하게 떠 있는 하늘이 어디까지고 이어져 있었습니다.

시야를 가리는 것이 거의 없는 구릉지대에는 시원한 바람이 기복에 따라 흘러가고, 풀꽃을 흔들었습니다. 사람이 손을 댄 듯한 흔적도 없었습니다.

그저 넓고, 아무것도 없는 자연의 풍경 속에서, 그 마녀는 홀로 걷고 있었습니다.

"……경치 좋네요."

특별할 것 없는 평범한 풍경에 조금 감동한 마녀는 그저 그런 한마디를 내뱉었습니다. 검은 삼각모자, 검은 로브를 걸친 마녀의 이름은 일레이나.

그녀는 마녀이자, 여행자였습니다.

평소에는 도보로 여행하지 않습니다. 빗자루를 타고 느긋하게 경치를 감상합니다만, 이번에는 그러지 않았습니다.

그저 천천히, 걸음을 옮기고 있었습니다.

그나저나.

그런 느낌으로 여전히 혼자 자유롭게 여행하는 마녀란 대체 누구인가.

93

그렇습니다. 저입니다.

완만한 언덕길 끝에는 하나의 자그마한 주택이 있었습니다. 여기에서는 그 전모가 보이지 않았지만, 아마도 2층 건물. 벽은 흰색이 들어간 벽돌이고, 지붕은 빨강. 집의 형태는 매우 단순했고, 이곳에서 보는 한은 그저 길고 가느다랄 뿐인 듯했습니다.

특별할 것 없는 평범한 민가. 검소한 가정이리라 생각될 만큼 특별할 것 없는 집이 있을 뿐, 겉보기로는 그런 느낌의 그저 사랑스럽고 흔하디흔한 광경이 있을 뿐이었습니다.

그러나 저는 얼굴을 찌푸렸습니다.

그 바로 위에는 조금 이상한 것이 있었기 때문입니다.

"…………."

빙글빙글, 집 바로 위를 기분 좋은 듯, 새가 떠돌고 있었습니다. 멀리에서 세어본 바로는 못해도 열 마리는 있었습니다. 집 안에 무언가가 있는 것인지, 사육되고 있는 것인지——알 수 없었지만, 새들은 무언가를 찾듯이 하나같이 빙글빙글 일정하게 원을 그릴 뿐이라, 기묘하다고 말할 수밖에 없는 새들의 행동이 그곳에서 펼쳐지고 있었던 것입니다.

번번이 그런 기묘한 곳으로 끌려가는 저도 또한, 기묘한 여행자일지도 모릅니다.

그저 곧장 집을 향해 나아간 저는 이윽고 입구에 다다랐습니다.

멀리에서 보았던 시점에서 평범한 집 같은 건 아니리라 생각했습니다만, 역시 당연하다는 듯이 문 앞에는 간판이 하나 세워져 있었습니다.

쓰여 있기를.

『새가 춤추는 집』

………….

보이는 그대로의 문자가, 간판에는 적혀 있었습니다. 대체 이 집은 무엇인가? 어떤 이유로 새가 날고 있는 것인가? 하는 궁금 증은 아마도 이 문을 열면 해소될 테지요.

"그야말로 수상한 느낌이 듭니다만……."

평범한 신경의 소유자라면 다소는 경계할 테지요. 평범한 사람이었다면 여기에서 "아니 이렇게 노골적으로 수상한 건물에 사는 사람이라면 분명 제대로 된 사람이 아닐 거예요 위험한 놈들일 거예요 당장 뒤로 돌아가죠!"라고 생각하며 멀어질 테지요. 애초에 멀리서 본 시점에서 "우와, 새똥 엄청 떨어질 것 같아"라고 생각할 테지요. 절대로 여기에 들어가 보는 일 같은 건 하지 않을 테지요.

그렇지요 그렇지요.

그런고로.

"실례합니다."

똑똑똑똑똑똑똑똑.

저는 노도와 같은 기세로 문에 노크를 했습니다.

평소부터 그때그때의 흐름대로 살아가는 인간이 여행자입니다. 기억해두십시오.

딱 잘라 말씀드리자면, 저는 이 시점에서는 여기에 사람이 살고 있을 리 없다고 생각했습니다. 이곳은 오래전에 사람에게 버

려져 자연으로 돌아가고 있을 뿐인 허물어져가는 건물이라고 여
겼던 것입니다.

그러나.

저의 예상은 지극히 평범하게, 간단히 뒤집어졌습니다.

"네."

나왔습니다.

그것은, 정말이지 아름다운 여성이었습니다.

○ 상인

문을 열고 나와 총애의 마녀라고 자신을 소개한 그녀는 넋을 잃
고 말 정도로 아름다웠고, 외모만 두고 보면 매우 매력적인 여성
이라고 할 수 있었다.

"우리 집에 오신 걸 환영합니다. 손님."

그녀는 거실로 안내하며 공손하게 고개를 숙이고 "당신이 최후
의 손님입니다. 운이 좋으시군요" 하고 내게 말했다.

최후?

"오늘은 제가 마지막이라는 뜻입니까?"

창으로 비쳐드는 햇볕은 평원에도 두루 내리쬐고 있었다. 아직
영업을 마감하기에는 이른 느낌이었다.

그러나 그녀는 고개를 저었다.

"아뇨. 오늘 이후로 앞으로 일절, 이 일은 하지 않을 셈입니다.
이제 이 일은 그만두려고 합니다. 그러니까 문자 그대로, 당신이

최후의 손님인 겁니다."

　말하길, 그녀가 하는 장사는 그다지 효율이 좋은 장사라고는 말하기 어렵다고 한다. 특수한 마법 기술을 필요로 하는 반면, 고객에게 직접 받는 돈은 동화(銅貨) 한 닢.

　고객과 그녀 사이에 오가는 금전 거래는 빵 한 조각을 살 수 있을 정도일 뿐이었고, 그녀가 안고 있는 위험과 그녀가 가진 특수한 능력은 너무나도 형평성이 맞지 않았다.

　그녀가 이 일을 그만두지 않으면 안 되는 것도 무리가 아닐지도 모른다.

　"그거 안타깝군요……."

　그렇게 반응하기는 했으나 그녀가 이 일을 그만두기 직전에 도착할 수 있었던 나는 그녀의 말대로 운이 좋았다.

　그녀는 "네" 하고 천천히 고개를 끄덕였다.

　"하지만, 마지막 일이라고 해도 대충 할 마음은 없으니, 걱정하지 마세요——."

　그렇게 말하고 지팡이를 손에 들고, 휘둘렀다.

　직후에 그녀의 등 뒤쪽에 있던 창문이 열렸다.

　나에게는 없는 것이다.

　내가 아무리 원해도 결코 손에 넣을 수 없었던 힘을 쓰자, 건물 위를 날고 있었을 터인 새들이 미리 짠 것처럼 열린 창문을 통해 열을 맞추어 들어오더니, 그대로 그녀의 뒤에 늘어섰다.

　마을에서 자주 볼 법한, 주민에게 빵 부스러기를 얻어먹을 법한 새부터 육식 맹수 같은 새까지, 그 종류는 다양했다.

총애의 마녀는 일어서서 지팡이 끝을 새들 쪽으로 향하게 들며, 나를 보았다.

"그래서, 당신은 어느 아이가 되고 싶으신가요?"

『자유롭게 하늘을 날아보지 않겠습니까?』

주변 여러 나라의 빈곤층을 중심으로, 이러한 종류의 편지가 날아든 일이 있었다고 한다. 큰 빚을 끌어안고 길거리를 헤매는 자. 슬럼에 사는 이름도 없는 자. 패전으로 고통받는 나라의 백성. 어디선가 그들에게 보내진 이 편지는 그녀의 집으로 가는 초대장이 되었다.

단 한 닢의 동화로 괴로운 일상을 영원히 잊게 해드립니다——그러한 문장이 적힌 편지에 매료되어 그녀의 집을 방문하는 자는 많았다고 한다.

총애의 마녀가 만들어낸 마법은 일정 시간, 인간과 새의 의식을 바꿀 수 있다고 한다. 어떠한 원리로 그러한 마법이 작용하는지는 모르지만, 그녀의 마법으로 지금까지 많은 방문객이 새가 되어 하늘을 날았다고 한다. 고작 동화 한 닢으로.

"그런데 당신은 제가 초대한 분이 아니로군요."

총애의 마녀는 싱긋 웃으며 나를 내려다보았다.

나는 고개를 끄덕였다.

"당신이 보낸 편지를 상인에게 팔아넘기는 파렴치한 자가 드물게 있답니다."

"어머나. 그래서 당신이 그 상인에게서 샀다는 건가요?"

"아뇨. 내가 그 상인입니다."

나도 이전부터 흥미는 있었다. 나라들을 오가다 보면 다양한 정보를 듣게 된다. 그녀의 집에 관해서는 아는 자도 적고, 실제로 방문했던 자와는 만나본 적조차 없었다. 그러나 존재만은 사람들 사이에서 진실인 듯 소문이 돌고 있었다.

지루하고 답답한 일상을 보내며 올려다본 하늘에는 언제나 마법사들이 있었다. 땅을 기어 다니는 것밖에 못 하는 우리와 달리, 그녀들에게는 하늘이 있었다. 우리가 올려다볼 수밖에 없는 것을, 그녀들은 갖고 있었다.

전부터 나도 동경했다.

하늘에서는 어떠한 풍경이 보일까 하고.

"초대한 분이 아니라도, 하늘을 동경하는 사람이라면 누구라도 환영이에요."

눈앞에 선 총애의 마녀는 나에게 웃어 보였다.

"저는 마법을 쓸 수 없는 사람에게도, 하늘이 얼마나 멋진지 알려주고 싶거든요. 그래서 이 일을 시작했죠."

"하지만 제가 마지막 손님이로군요."

"네── 안타깝지만, 저렴한 가격으로 일을 하다 보면, 나쁜 벌레가 꼬이는 법이니까요."

그녀는 웃었다.

덧없는 미소였다.

그녀가 말하길, 다음에는 거점을 바꾸어 다른 사업을 시작할 예정이라고 한다. 아마도 앞으로 두 번 다시, 빈곤층을 상대로 하늘에서의 풍경을 보여주는 장사를 하는 일은 불가능하리라고도 말했다.

즉, 나는 진정한 최후의 손님이라는 뜻이다. 마법을 쓰지 못하는 인간이면서 하늘을 자유롭게 날 수 있는 마지막 한 사람이다.

"어느 아이로 하시겠어요?"

그녀는 다시 내게 물었다.

일렬로 늘어선 새들은 여전히 예의 바르게 그녀의 옆을 지키고 있었다.

어느 새든 상관없었다.

손가락을 들어 가리켰다.

"그렇군요── 그럼, 이 파란 새로."

나는 운이 좋았다.

○ 어두운 밤의 마녀

"이 남성을 기억하십니까?"

테이블을 사이에 두고 마주 앉은 총애의 마녀에게, 나는 한 장의 사진을 꺼내 보였다.

당시에는 아직 마법 총괄 협회에 소속된 지 얼마 안 되기도 하여 묘하게 의욕이 넘쳤던 나는 상대에게 얕보이지 않겠다며 미간을 좁히고, 쏘아보듯이 그녀를 바라보았다.

한편 총애의 마녀는 초연했다.

"네. 있어요. 전에 하던 일의 마지막 손님이었죠."

"상당히 기억력이 좋군요."

"손님 한 분 한 분을 중요하게 여기고 있을 뿐이에요."

상인 남성이 실종된 지 3개월이 지났다. 남성의 마지막 자취는 총애의 마녀가 이전에 살았던 집에서 사라졌다.

마법 총괄 협회의 직원이 도착했을 무렵에는 이미 집은 텅 비어 있었다. 그녀의 모습도 보이지 않았다.

대략 3개월의 시간이 흐르고, 드디어 나는 그녀를 찾아낼 수 있었다. 작은 나라에서 조용히 살던 그녀는 "전에 했던 일에 관해 질문을 해도 괜찮겠습니까?" 하고 묻는 내게 고개를 끄덕이고 집 안으로 안내해주었다.

상당히 벌이가 좋은지 무척이나 넓은 저택은 독신 여성이 쓰기에는 상당히 호화로웠다.

"지금은 무슨 일을 하고 계십니까?"

전에 하던 일은 고객에게 동화 한 닢을 받고 새로 만들어주는 서비스를 했다고 들었는데.

"일은 아무것도."

그녀는 시원스럽게 고개를 저었다.

"지금은 연구만 하고 있어요."

"그렇습니까……."

그런 것치고는.

"상당히 생활이 여유로워 보이는군요."

"저축해둔 게 제법 되거든요."

키득, 웃음 짓는 총애의 마녀.

내놓은 홍차도 분명 고급 찻잎이리라.

찻잔 안에서 피어올라 일렁이는 김에서는 한숨이 새어 나올 만큼 좋은 향기가 감돌았다.

나는 "상인 이야기를 하죠"라며 그녀를 바라보았고, 그리고 말을 이었다.

"그는 당신의 집으로 간다는 편지를 본가의 딸에게 보낸 후로 소식이 뚝 끊겼습니다. 자주 거래하던 고객 앞에도 전혀 모습을 드러내지 않았죠. 그가 당신에게 뭔가 이야기하지는 않았나요? 그 집에서 당신의 고객이 된 다음, 어디로 갈 예정이라든가."

"아뇨, 안타깝지만 전혀요."

그녀는 미소를 머금으며 고개를 저었다.

"하지만, 지금쯤 세상 여기저기를 돌아다니고 있지 않을까요?"

그게, 그는 상인이잖아요? 하고 그녀는 말을 덧붙였다.

"…………."

"안타깝지만, 저는 당신에게 득이 될 만한 정보는 갖고 있지 않아요."

죄송해요, 하고 그녀는 고개를 숙였다. 분명 거짓말은 아니리라. 그녀는 그가 어디로 갔는지를, 모르는 듯했다.

하지만.

"그렇습니까."

그거 유감이로군요. 하고 고개를 숙인 나는 거짓으로 점철되어 있었다.

처음부터 나는 마녀에게 명확한 답을 기대하지 않았다.

"힘이 되어드리지 못해 죄송합니다."

"아뇨, 신경 쓰지 마십시오."

애초에.

내가 이곳을 방문한 이유는 달리 있었으니까.

"그나저나 하나 더, 물어도 괜찮겠습니까?"

"? 네. 얼마든지요."

"전에 하던 일로는 대체 얼마나 번 겁니까?"

"……?"

말의 의미가 이해되지 않는지, 아니면 갑자기 그러한 질문을 받으리라고는 여기지 않았는지, 그녀는 그저 고개를 갸웃거릴 뿐이었다.

나는 계속해 이야기했다.

"이 정도의 저택에서 살려면 상당한 자금이 필요했을 테죠. 게다가, 지금은 연구만 하고 있다고 말씀하셨죠. 대체 이전의 일로 얼마나 되는 돈을 번 겁니까?"

"아아……."

그녀는 한숨을 내쉬었다. 슬프게.

"안타깝게도 그건 당신이 생각하고 있는 그런 연구는 아닙니다. 그건 제가 마법을 쓰지 못하는 사람들에게 꿈을 보여주기 위해 한 일입니다. 그래서 동화 한 닢밖에 안 받았습니다."

과연.

하지만.

"고객에게는, 말이죠."

나는 자리에서 일어나 지팡이를 손에 들었다.

"마법 총괄 협회에 얼마 전 신고가 들어왔고, 인간의 장기를 밀매하는 업자를 체포했습니다. 그들은 마법으로 사람의 몸을 절개해 신선한 장기를 몰래 고가로 거래하고 있었다고 하더군요."

마법을 써서 몰래 거래된 장기는 보존 상태가 좋았는지, 잘 팔렸다고 한다. 결과적으로 마법 총괄 협회가 움직여 그들을 잡음으로써 밀매 공급은 멈추었다.

하지만 그 후에 문제가 하나 발견되었다.

장기의 출처였다.

밀매 업자 놈들은 사람의 목숨을 빼앗고, 장기를 적출한 것이 아니었다. 그들은 어디까지나 다른 사람을 통해 장기를 거래한 것에 지나지 않았다.

"밀매 업자는 장기를 어디에서 구했는지를 바로 이야기했지요."

정보에 따르면 그것은 구릉지대 어딘가에 사는 한 마녀—— 총애의 마녀라는 이름의 여자가 정기적으로 업자에게 가져왔다고 한다.

"마치 인체에서 혼만을 제거한 듯한, **너무나도 신선한 사체**를, 그 마녀는 가져왔다더군요. 그런데——."

나는 그녀에게 지팡이를 들이댔다.

"전에 하던 일로는 대체 얼마나 번 겁니까?"

간단한 이야기였다.

그저 그녀는 다른 곳에서 돈을 구할 수 있다는 확증이 있었기 때문에, 새가 되어 하늘을 날기 위해 찾아온 고객에게는 동화 한

낯만 받았던 것이었다.

큰 빚을 끌어안고 길거리를 헤매는 자. 슬럼에 사는 이름도 없는 자. 패전으로 고통받는 나라의 백성.

총애의 마녀는 그렇게 궁지에 처한 사람들에게 편지를 보내고, 낚여서 찾아온 고객에게 일정 시간 새와 의식을 바꾸는 마법을 걸어준다고 꼬드겨 잠들게 만든다.

결국, 일정 시간 동안만 새 안으로 의식이 옮겨진다고 생각했던 사람들은 누구 한 사람도 그 집에서 돌아오지 않았다.

"연구를 위해서는 어떻게든 실험을 반복할 필요가 있었어요. 그들은 연구를 위해 큰 도움이 되어주었죠."

마법 총괄 협회에 의해 체포된 총애의 마녀는 얼마 후 실시된 청취에서 그렇게 말했다.

그녀가 만들던 마법은 의식을 **타인**에게 강제로 옮기는 마법—— 즉, 타인을 희생하여 영구적으로 자신이 살아남기 위한 마법이었다.

아마도 아직 연구 단계였던 것이리라.

검증을 위해 새를 실험동물로 이용한 모양이었다.

새에게 의식이 옮겨져 텅 비어버린 몸은 밀매 업자에게 팔아서 연구 자금을 구했다고 한다. 즉, 그녀에게 있어 새가 춤추는 집은 자금을 구하기 위한 토양이기도 했으며, 실험의 장이기도 했던 것이다.

총애의 마녀에게 있어서 그 집은 분명 모든 것이 합리적인 곳이었으리라.

"수고하셨습니다. 어두운 밤의 마녀님."

모든 것을 끝내고 마법 총괄 협회 지부로 향하자 직원이 정중하게 고개를 숙여 인사해주었다.

"총애의 마녀는 사건의 관여를 인정했습니다. 엄벌에 처해진다고 합니다. 당신의 공적입니다."

축하드립니다, 하고 직원은 신입이 한 일을 칭찬해주었고, 거기에 더해.

"알고 계실 거라고 생각합니다만, 이번 사건의 진상에 관해서는 일절 발설하지 말아 주십시오. 일반에는 어디까지나 빈곤층 사람들을 유혹해서 새가 춤추는 집으로 모으고, 총애의 마녀가 그들을 죽여 시신을 밀매 업자에게 팔았다, 라는 것으로 되어 있으니까요."

총애의 마녀가 집에서 무엇을 연구했는가. 그 한 부분에 관해서는 협회 측에서 모든 정보를 숨기기로 했다.

비슷한 마법을 만드는 인간이 나타나지 않게 하기 위한 조치였다.

사건은 해결되었다.

"……왜 그러시나요?"

하지만 아무래도 나는 탐탁지 않은 얼굴을 하고 있었던 모양이다. 직원은 의아하다는 듯이 내 얼굴을 살피고 있었다.

"아니……."

사람을 속이고, 자신의 연구를 위해 목숨을 가볍게 여긴 총애의 마녀는 무사히 체포되었다. 이제 두 번 다시 죄 없는 자가 그녀의 독니에 당하는 일은 없으리라.

하지만.

"조금 걸리는 점이 있어서."

"걸리는 점, 이요?"

나는 고개를 끄덕이고 직원을 보았다.

"저기, 밀매 업자를 마법 총괄 협회가 체포했다고 했던가?"

그리고 물었다.

조사해볼 것까지도 없었으리라. 직원은 바로 "4개월 전입니다"라고 대답해주었다.

4개월 전. 즉, 내가 총애의 마녀가 사는 곳을 찾기까지 한 달의 시간이 있었다는 뜻이 된다.

인신매매 밀매 업자가 협회에 잡혔다는 것. 그리고 구릉 지대 어딘가에 살고 있다고 여겨지는 총애의 마녀가 업자와 얽혀 있다는 것은 주변 나라들에 공개되어 있었을 터다.

가면 죽는다고.

그래서 유혹이 있어도 절대로 방문해서는 안 된다고, 당부를 받았을 터였다.

그런데.

"……대체 어째서 그 집에 간 걸까?"

상인이 왜 일부러 위험하다고 소문이 난 곳으로 향했는지 너무나도 의아했다. 떨쳐낼 수 없는 위화감이 들었다.

"몰랐던 게 아닐까요?"

"일반인이라면 또 모를까, 나라에서 나라를 오가는 상인이 신문 기사도 제대로 읽지 않는 일이 있을 거라고 생각해?"

"그 말은 알면서도 굳이 갔다는 겁니까?"

"그런 식으로 생각할 수도 있지."

"일부러 자신의 목숨을 버리는 짓을 할 거라고는 생각되지 않습니다만⋯⋯."

"⋯⋯그렇겠지."

그렇기에 걸리는 것이다.

마지막 희생자가 된 상인은 아마도 새가 춤추는 집에서 무슨 일이 벌어지는지까지는 몰랐을지도 모르지만, 가면 어찌 되는지는 알고 있었을 터다.

웬만한 이유가 있지 않은 한, 가려는 마음은 들지 않을 터다. 게다가 상인은 지금까지의 희생자와 달리 빈곤에 빠져 있던 것도 아니었다.

상인으로서 일하고 있었다면, 가까이 가려는 생각도 하지 않았을 터다.

총애의 마녀와 마찬가지로, 합리적인 이유가 있는 것이 아닌 한은.

○

"이런 데 사람이 와주다니 별일이 다 있네요."

집 안으로 저를 안내해준 그녀는 시종 미소를 머금은 모습으로 홍차를 테이블에 내려놓으며 제게 물었습니다.

"마녀님, 혹시 여행자이신가요?"

고개를 끄덕였습니다.

"보시는 대로 여행자입니다."

"그렇죠? 그럴 줄 알았어요."

이 주변 나라에 사는 사람들은 여기 얼씬도 하지 않으니까요—— 라고 그녀는 말했습니다.

외모로 보아 나이는 20대 초반 정도일까요? 검은 머리카락을 길게 기른 그녀의 피부는 놀랄 만큼 하였고, 찻잔을 향해 뻗은 손은 가늘었습니다.

"이 집은 있죠, 말하자면 사고 물건이에요."

조용히 말을 꺼낸 그녀는, 그렇게 이 집에서 일어났던 처참한 사건에 관해 들려주었습니다.

오래전. 그녀가 아직 어렸을 때. 이 집에 살던 마녀는 죄 없는 사람들을 끌어들여 실험체로 삼아 죽였다고 합니다.

그러한 비참한 사건이 일어난 현장이기에 마녀가 떠난 후 이 집에서 살려고 드는 사람은 없었고, 오랫동안 구릉지대 한가운데에 방치되어 있었다고 합니다.

그것을 그녀가 사들였고, 지금은 이렇게 혼자서 조용히 살고 있다고 합니다.

"용케도 사시는군요."

단적인 감상이었습니다. 저도 유령 같은 종류는 딱히 믿지 않지만, 그래도 사건 현장이었던 곳에서 살고 싶지는 않습니다. 아무래도 기분 나쁜 느낌이 듭니다.

하지만 그녀는 그렇지 않은 것일 테지요.

오히려 기분 좋게 느끼는 것인가 싶을 만큼, 부드럽게 미소 지었습니다.

"나는 어릴 때 큰 병에 걸려서, 어른이 될 때까지 살지 못할 거라고 의사가 그렇게 말했었어요. 아버지는 그런 나를 구하기 위해 온 세상을 돌아다녔고, 많은 일을 했고, 많은 돈을 벌었죠. 그래도 병을 고칠 수는 없어서 일시적으로 연명하는 정도밖에 못 했지만."

"……아버지는 무슨 일을."

"장사를 했었어요."

"했었다?"

"내가 어릴 때 돌아가셨거든요. 이 집에서."

"…………."

침묵하는 것밖에 할 수 없었던 제게 그녀는 어디까지나 담담하게 이야기했습니다.

"아버지가 돌아가시고 남겨진 건 큰 액수의 위로금과 장기의 대부분이 사라진 육체뿐이었죠. 위로금 덕분에 나는 목숨을 건졌어요. 그래서 지금도 이렇게 살아 있어요. 하지만 아버지는 이제, 돌아오지 않아요."

"…………."

"나는 있죠, 유령 같은 건 믿지 않아요. 하지만 왠지 모르게 여기에 있으면 아버지와 함께 있는 듯한──그런 느낌이 들어요."

이 집 어딘가에 아버지의 기척이 있는 느낌이 들어요, 그녀는 그렇게 말했습니다.

"그래서 이 집에서 사는 겁니까?"

"네. 게다가, 위로금도 아직 여유가 있으니까요."

사건 탓에 집을 아주 싸게 샀거든요. 그녀는 웃음을 지어 보였지만, 저는 웃어도 괜찮은 것인지 어떤지 알 수 없었던지라, 일단 앞에 놓인 홍차로 입술을 적셨습니다.

"분명 사건 이후, 아무도 손을 대지 않았을 테죠. 사건이 일어났던 당시부터 무엇 하나 바뀌지 않은 모양이에요. 세간살이도 그대로고, 게다가──."

그녀는 창밖을 바라보았습니다.

활짝 열린 창을 통해 파랑새 한 마리가 훌쩍 방 안으로 날아들었고, 그리고 머물 곳을 찾듯이 방황한 다음 그녀의 어깨 위에 내려앉았습니다.

"……총애의 마녀가 키우던 새들도, 전부터 쭉 변함없이 여기서만 살고 있는 모양이에요."

"잘 길들였나 보군요."

"달리 갈 곳이 없는 것뿐인지도 모르지만 말이죠."

아주 작은 한숨을 내쉬고, 그녀는 이야기했습니다.

"그리고, 날 따르는 건 이 아이뿐이에요."

어깨 위에서 그녀를 살피듯 올려다보는 파랑새.

"이 아이만은 어째서인지 내 곁에 와주곤 해요."

그녀는 희고 가는 손가락을 뻗어 그 머리를 손끝으로 쓰다듬었습니다.

"신기하죠?"

희고 가는 손가락에 총애를 받고서 파랑새는 기분 좋은 듯이 눈을 가늘게 떴습니다.

그녀에게 홍차를 대접받고 잠깐의 휴식을 만끽한 다음, 저는 다시 여행을 떠났습니다.

구릉지대에 있던 신기한 집에 사는 그녀는, 앞으로도 사연을 가진 거처에서 새들과 함께 지낼 예정인가 봅니다.

"또 언젠가, 이 근처를 지나가면 들러주세요."

나는 언제나 여기 혼자 있을 테니까—— 그런 말을 하며, 그녀는 문 앞까지 저를 배웅해주었습니다.

풀꽃이 흔들리는 사이로 저는 그녀에게 손을 흔들고 걸음을 내디뎠습니다.

집에 머문 시간은 그리 길지 않았던가 봅니다. 올려다보니 하늘에는 아직 태양이 찬란하게 빛나고 있었고, 바람이 불어왔고, 기분 좋은 향기가 주변에 가득 퍼져 있었습니다.

이곳을 찾아와 안으로 안내받았을 때와 별로 다르지 않은 경치와 별로 다르지 않은 공기가 그곳에는 가득할 뿐.

분명 그녀는 앞으로도 집 어딘가에 남은 아버지의 기척과 함께 구릉 지대의 집에서 계속 살아갈 테지요.

"…………."

저는 집을 올려다보았습니다.

역시 그다지 다르지 않은 풍경이 있었습니다.

새들은 지금도 변함없이, 집 위에서 춤추고 있었습니다.

©Azure

마녀가 허름한 숙소의 창문을 열자, 화창한 봄의 밤바람이 불어 들어와 마녀의 목덜미를 스쳐 갔습니다.

구름 없는 하늘에 뜬 만월은 거리를 구석구석 비추고 있었습니다.

흩날리는 잿빛 머리카락에 손을 대며 발길을 돌리더니, 그녀는 그대로 침대로 올라갔습니다. 밤의 빛은 그녀의 손도 똑같이 비추고 있었습니다.

아직 잠들 생각은 없었습니다.

그녀는 낮 동안에 사두었던 책에서 책갈피를 빼고는 아직 읽던 도중이던 이야기의 다음을 따라갔습니다. 모르는 나라에서 모르는 나라로 여행하는 그녀에게 있어 여행지에서 새로운 책을 사는 것은 즐거움 중 하나였습니다.

여행지에서 서점을 찾아가면 많은 것들을 알 수 있습니다. 매대에 가득 진열된 책 대부분은 그 나라에서 유행하는 것이므로, 요컨대 그 나라에 사는 사람들이 지금 무엇에 흥미를 갖고 있는지를 알 수 있습니다.

그래서 서점으로 향하는 것은 마녀이자 여행자인 그녀에게 특별한 의미를 갖고 있었습니다. 그저 책을 좋아하기 때문에 훌쩍 들른다는 사정도 있기는 했지만 말이지요.

오늘 산 책은 추리소설이었습니다.

어느 한 숙소에서 일어난 살인사건. 하룻밤이 지날 때마다 차례차례 시체가 늘어만 가고. 범인이 누구인지도 모른 채, 그 자리에 있던 손님과 종업원들은 서로를 의심하게 되어간다……라고 하는 흔한 무대 설정의 소설이었습니다. 전형적인 미스터리 작품과 유일하게 다른 점이 있다고 한다면 작중에서 탐정으로서 활약하는 주인공이 극도의 야행성으로, 낮에는 방에서 나오는 일조차 없다는 점. 그리고 피해자가 된 사람들이 예외 없이 몸에서 피가 사라졌다고 하는 점일까요?

마녀가 한동안 책장을 넘기고 있는 사이, 이야기는 이윽고 결말로 향해갔습니다.

범인이 밝혀졌던 것입니다.

"흡혈귀인가요……."

마녀는 살짝 실망했습니다.

범인은 실은 이야기를 진행해가던 탐정이었고, 사건의 피해자가 피를 흘리고 있지 않았던 것은 탐정이 피를 빨았기 때문, 이라는 황당무계한 트릭이었습니다.

마녀는 그게 뭐야 하고 생각했고.

"그게 뭐야."

그렇게 중얼거리기까지 했습니다.

그래도 일단 마지막까지 이야기를 지켜본 그녀는 마지막 페이지를 넘기고 나서 침대 옆에 책을 내려놓고 그대로 잠들었습니다.

달빛이 거리를 비추는 중에, 이 마을에 사는 많은 사람과 마찬가지로 마녀는 하루의 끝을 조용히 맞이했던 것입니다.

그러나.

"안녕. 아가씨."

마을의 사람들이 잠에 빠져들었을 무렵에, 하루의 시작을 맞이한 자가 이 나라에는 있었습니다.

활짝 열린 채인 창문틀에 어느샌가 걸터앉아 있던 것은 옅은 갈색 머리카락의 여성이었습니다. 나이는 대략 20대 정도. 그런 것치고는 단정하지 못한 빨강과 검정을 기조로 한 화려한 드레스를 차려입고 있었습니다. 눈동자는 붉었고, 싱긋 웃음 짓고 있는 입가에는 송곳니가 보였습니다. 거기에 더해 등에는 박쥐 같은 날개도 있었습니다.

그것은 한눈에 보아도 흡혈귀였습니다.

"나는 흡혈귀."

그리고 자칭하기까지 했습니다.

"당신에게 원한은 없지만——오늘 나는 배가 고프거든. 피를 조금 받아 갈게."

영차 하고 흡혈귀는 창틀에서 내려섰고, 그대로 고른 숨소리를 내며 잠든 마녀의 곁으로 천천히 다가갔습니다.

허름한 숙소의 바닥은 걸음을 옮길 때마다 삐걱거렸습니다. 하지만 마녀는 기분 좋은 꿈속에 있는지, 잠에서 깨어날 기척은 없었습니다.

이윽고 흡혈귀는 침대 옆에 서서 잿빛 머리카락의 마녀를 내려다보았습니다.

긴 잿빛 머리카락에 손을 대고 천천히 하얀 목덜미를 드러냈습니다.

흡혈귀는 속삭였습니다.

"미안해"라고.

그리고 무방비한 마녀의 목덜미에 손을 대고 아아 하고 입을 벌리고, 물려고 했습니다.

하지만.

"에잇!"

그런 약간 기운 빠지는 대사와 함께 흡혈귀의 입에 퍼진 것은, 어린 여자아이의 맛있는 피 맛 같은 것이 아니라 아주 고약한 냄새가 나는 것이었습니다.

하루나 이틀로는 도저히 입에서 사라지지 않을 듯한 끈질김을 가진 식재료.

흡혈귀의 약점.

마늘이었습니다.

"우웩!"

흡혈귀는 바로 자신의 입안에 들어간 것의 정체를 깨닫고 그 자리에서 뱉어냈습니다만, 그래도 끈질긴 마늘 냄새는 그녀의 코를 몹시 자극했습니다. 참을 수 없이 고약한 냄새였습니다. 눈물이 나올 정도였습니다.

"마늘이 약점이라는 소문, 정말이었군요."

괴로워하는 흡혈귀를 바라보며 의기양양해 하는 것은 한 명의 마녀. 침대에서 몸을 일으킨 그녀는 하품을 하며 "혹시 정말로 잠들었다고 생각했나요?" 하고 옅게 웃었습니다.

흡혈귀를 끌어들이기 위해, 그녀는 한바탕 연극을 했던 것입니다. 정말로 잠들었던 것이 아닙니다. 그저 마녀는, 흡혈귀의 입에 마늘을 던져넣기 위해, 일부러 무방비하게 잠든 척을 했던 것입니다.

"우웨에에에엑…… 너무해…… 지독해…… 최악……."

흡혈귀는 무슨 일이 일어났는지도 모른 채 그저 고통스러워했습니다. 딱 벌어진 입에서는 무심코 씹어버린 마늘 조각이 툭 떨어졌습니다.

마녀는 그런 광경을 앞에 두고 "아, 죄송하지만 숙소 침대를 더럽히는 건 좀……" 하고 말하더니 손수건으로 마늘 조각을 회수했고, 겸사겸사 흡혈귀의 입을 닦아주었습니다.

그나저나 이 마녀는 대체 누구일까요?

말할 것도 없겠지요.

그렇습니다. 저입니다.

"아파…… 지독해…… 너무해…… 후애애애애애앵."

"이제 입도 닦았고 마늘도 뱉었으니 괜찮을 거라고 보는데요. 잠깐 숨을 내쉬어 보겠어요? 하아, 하고."

"하아."

"……냄새나."

"…………."

○

우선은 제가 어째서 흡혈귀와 대치하고 있는가를 이야기해야

119

만 하겠지요.

그러기 위해서는 우선, 제가 이 나라에 온 직후의 일까지 거슬러 올라가야만 합니다.

제가 이 나라의 문을 두드린 것은 바로 어제 아침의 일. 봄의 기분 좋은 바람이 부는 평원을 빗자루로 달려 도착한 이 나라에는, 우연히 다다른 것이 아니었습니다.

실은 이 나라의 관청에서 일하는 분들에게 초대를 받았던 것입니다.

그렇다고는 해도 저는 여행자이자 마녀이니, 당연히 이날 불려온 연유도 관광을 위해서는 아니었습니다.

일입니다.

"실은 우리나라에는 흡혈귀가 있어서요."

나라의 관청에 도착하자마자, 관리님은 한숨을 내쉬며 그렇게 말했습니다. 매우 진지한 얼굴로 그렇게 이야기하셨습니다.

농담이 아닌가 봅니다.

"흡혈귀인가요."

정말입니까? 실재하는 겁니까? 하는 뉘앙스를 듬뿍 담아 고개를 갸우뚱거리자, 관리님은 "예" 하고 무겁게 고개를 끄덕였습니다.

"우리나라에 나타나게 된 건 한 달 정도 전부터입니다. 아마도 주변 나라에서 실수로 흘러들어왔을 테지요. 어디에 숨어 있는지도 모르는 흡혈귀 때문에 국민들에게서 불만의 목소리가 나오고 있습니다. 그러니 신속하게 구제를 하고 싶습니다."

"구제라니."

이 나라에서는 흡혈귀의 취급이 유해 조수 수준인 겁니까?

"흡혈귀를 경계해야만 한다는 사실이 주민들에게 스트레스가 되고 있는 모양입니다."

"피해가 스트레스뿐인 겁니까……?"

"최근 들어서는 지갑을 노린 절도도 다수 발생하고 있습니다. 범인에게 검은 날개가 자라나 있다는 목격 정보로, 아마도 그 흡혈귀 짓이 아닐까 하는 말이 나오고 있습니다."

"……흡혈에 따른 피해는 없는 겁니까?"

"있기는 있습니다만, 지갑 도난 피해 접수 쪽이 많아서요……."

"…………."

"그런고로 마녀님께서는 마법으로 흡혈귀를 적절하게 잘 퇴치해 주셨으면 합니다."

그런 말씀을 하신들…….

"죄송합니다. 저는 흡혈귀와 만나본 적도 없어서, 퇴치하려고 해도 구체적인 방법을 모릅니다."

호출에 냉큼 이 나라까지 와놓고서 이런 말을 하는 것은 조금 이상한 이야기입니다만, 안타깝게도 저는 흡혈귀 퇴치에 관해서는 일반인 그 자체입니다. 기껏해야 마늘을 싫어한다든가, 햇빛에 약하다든가, 거울에 비치지 않는다든가, 그 정도의 소문인지 진실인지 알 수 없는 지식밖에 없었습니다.

도움이 될지 어떨지 보증은 없습니다.

"예. 그러시겠지요."

관리님은 수긍했습니다.

"그런 연유로 오늘은 흡혈귀 전문가를 모셨습니다."

그때 관청의 문이 기세 좋게 열렸습니다.

"내가 전문가다."

수염 난 아저씨였습니다.

"이 나라에서 나오는 흡혈귀의 특징을 보고서로 정리해두었다. 퇴치하는 데 쓰게."

전문가 아저씨는 주머니에서 종이를 한 장 꺼냈습니다.

"아, 네에……."

종이 한 장으로 끝날 정도의 특징밖에 없는 거로군요.

그리고 전문가 아저씨는 흡혈귀의 특징을 소리 내 읽었습니다.

"창문을 열어두면 한밤중에 사람의 주거지에 숨어들어와 피를 빨고 도망친다."

창문을 열어두면 사람의 주거지에 숨어들어와서, 피를 빨고 도망친다……?

"그건 모기가 아닌가요?"

"아니다."

"그래서, 피를 빨리면 어떻게 되는 겁니까? 흡혈귀의 권속이 된다든가?"

"아니. 피해 보고에 그러한 건 없었다."

"그럼 어떻게 됩니까?"

"주로 환부가 가려워진다."

"모기잖아요그거."

"아니다. 애초에 우리나라에 출몰한 흡혈귀의 겉모습은 생물학

상 암컷에 해당한다."

"피를 빠는 건 암컷 모기죠."

"……어쩌면 모기일지도 모르겠군."

전문가 아저씨는 간단히 꺾였습니다.

………….

"이분, 정말로 전문가인가요?"

한눈에 봐도 수상합니다만? 하고 저는 자칭 전문가님에게 들리지 않을 정도의 성량으로 관리님에게 물었습니다.

관리님은 고개를 끄덕였습니다.

"그는 범인이 탐정이자 흡혈귀인 추리소설을 쓰는 작가님입니다. 그럭저럭 유명하죠."

요컨대 소설을 쓴 것뿐이지 않습니까?

"……인선이 잘못된 게 아닌지?"

"하지만 이 나라에서 흡혈귀에 관해 알 법한 사람은 저 사람 정도인지라……. 그리고 개인적으로 제가 그 소설의 팬이었던지라 오늘 이렇게 모시기로 정했습니다."

"…………."

"참고로 나중에 사인을 받을 생각입니다."

"……직권남용 아닌가요?"

"마녀님도 하나 어떠십니까?"

"필요 없습니다."

뭐가 어찌 되었든, 저는 그런 전말을 거쳐 이 나라에서 흡혈귀와 대치하기로 했던 것입니다.

착수금으로 제법 큰 돈을 받기도 했고, 일부러 멀리에서 찾아왔는데 일을 받지 않는 것도 내키지 않았고, 게다가 애초에 운 나쁘게 물린다고 해도 가려워질 뿐인 것 같으니, 괜찮지 않을까요?

그런 가벼운 마음으로.

의뢰를 받아들이기로 정한 다음의 제 행동은 단순명쾌.

상인분에게 마늘을 대량으로 구입하고, 겸사겸사 책을 사서 밤까지 시간을 보낸 다음 숙소의 창문을 열어두고, 침대에 누워 스탠바이.

다음은 아시는 대로입니다.

흡혈귀 씨가 어슬렁어슬렁 나타났고, 마늘을 입에 틀어넣었습니다.

"너무해……! 너희 인간은 언제나 그래! 피를 조금 원할 뿐인데 괴롭히기만 하고! 인간 따위 정말 싫어!"

퉤 하고 침과 욕지거리를 동시에 내뱉는 흡혈귀 씨.

"…………."

저는 침대 시트만이 아니라 바닥까지 더러워진 것에 살짝 울컥하며 그것을 손수건으로 닦고, 그리고서 그녀를 올려다보았습니다.

흡혈귀 씨는 옷 소매로 자신의 눈가를 문질문질 닦고 있었습니다.

혹시.

"……우는 겁니까?"

"뭐? 안 울거든."

째려보았습니다.

"아니 하지만."

"안 울었거든! 눈에 먼지가 들어갔을 뿐이야!"

정말이지! 하고 화를 내는 흡혈귀 씨.

"그나저나 당신, 이름이 뭔가요?"

저는 손수건을 접으며 물었습니다.

"이 나라에는 어떤 사정으로 왔나요?"

"너 같은 못된 아이한테는 안 가르쳐줘."

흥, 하고 고개를 돌리는 흡혈귀 씨.

"마늘, 아직 더 있는데요."

저는 오늘 사둔 마늘을 서랍에서 한 움큼 꺼내 들고 그녀에게 보여드렸습니다.

역시 흡혈귀인 그녀는 어째선지 마늘이라는 것에 강렬한 거부 반응을 갖고 있는지, 제 양손을 보더니 "히익" 하고 비명을 지르며 몸을 움찔거렸습니다.

"혀, 협박 따위에 굴하지 않아!"

어라 어라?

"가르쳐주지 않으면 던질 건데요?"

약간 신이 난 제가 그곳에는 있었습니다.

"그만둬! 그거 못된 거야!"

히이익 하고 그녀는 눈물을 글썽거리며 겁먹고, 떨고, 몸을 웅크렸습니다.

어째선지 잘 알 수 없지만 매우 두근두근했습니다.

"가르쳐주지 않는다면 강경책으로 나설지도 모른다, 라고 말하고 있을 뿐입니다."

자신의 안쪽에서 솟구쳐 오르는 가학적인 일면을 억누르며 평정을 가장하고, 저는 말했습니다.

"으, 으윽……."

그리고 그녀는 "의자, 빌려도 될까?" 하고 물었습니다. 제가 고개를 끄덕이자 그녀는 몇 번인가 숨을 들이쉬고 내쉬며 심호흡을 반복해 입에 남은 마늘 냄새를 빼내고서, 말을 꺼냈습니다.

"내 이름은 오로넬라. ……네 이름을 물어도 될까?"

저는 고개를 끄덕였습니다.

"일레이나입니다. 여행하는 마녀, 재의 마녀입니다."

"그렇구나. 그래서, 일레이나 씨. 당신이 보고 알아낸 대로 나는 평범한 인간이 아냐. 뭔지 알겠어?"

"빈집털이입니까?"

"아니거든!"

정말! 하고 살짝 화를 내며 "흡혈귀야! 흡혈귀! 사람 피를 빠는 종족이라고!" 그렇게 말했습니다.

마늘에 강렬한 혐오감을 갖고 있는 점을 보았을 때, 저의 얕은 지식으로 알고 있는 그 흡혈귀라는 것은 의심할 여지도 없는 사실인 듯 느껴졌습니다만.

"흡혈귀는 허락이 없으면 남의 집에 들어가지 못하는 거 아닌가요?"

전에 읽은 책에는 그런 내용이 적혀 있었던 것 같습니다만.

"아니 전혀 그렇지 않은데."

"하지만——."

"너 혹시 책을 읽은 것만으로 전문가인 척하는 타입?"

저는 마늘을 던졌습니다.

"아파!"

자, 마음을 다시 다잡고.

저는 흡혈귀 씨——가 아니라, 오로넬라 씨를 바라보았습니다.

겉모습은 대략 20대처럼 보였습니다만.

대체로 사람과 비슷한 모습을 한 사람이 아닌 존재는 때로 보기와 달리 상당히 나이를 드신 경우가 있는 법입니다.

"당신, 몇 살인가요?"

"홋. 여자아이에게 갑자기 나이를 묻다니. 너는 상당히 섬세함이 부족하구나."

저는 마늘 투척 준비에 들어갔습니다.

"아흔두 살입니다."

오로넬라 씨는 떨면서 답했습니다.

"과연."

그렇다는 것은 대략 100년이나 산 겁니까?

오호라.

"상당히 고령이군요……."

"무슨 말이야! 나는 흡혈귀 마을에서는 아직 아가거든! 나이도 아직 세 자리도 안 되고, 피부도 탱탱하잖아! 봐!"

불쑥, 제게 얼굴을 들이대는 흡혈귀 씨. 봐라! 어떠냐? 하고 말하듯 그녀는 "흥!" 하고 자신의 뺨을 제게 가져다 댔습니다.

"어때?"

분명 피부는 깨끗합니다만.

"마늘 냄새가 엄청납니다."

"…………."

완전히 의기소침해진 오로넬라 씨는 의자 위로 무릎을 모으고, "우으…… 너무해. 내가 뭘 어쨌다고……"라며 불만을 중얼거렸습니다.

그녀가 했던 말로 보아, 아무래도 흡혈귀가 모여 사는 집락 같은 것이 있다는 것은 상상하기 어렵지 않았습니다. 집락에서의 생활이 어떠한 것일지 저로서는 알 수 없었지만, 적어도 인간 마을에 나타나 피를 빨러 다니는 것보다 쾌적하리라는 것은 틀림없을 테지요.

일부러 도시 구경을 온 시골 사람처럼 인간 마을에 와 있다는 것은, 그녀가 그럴 만한 사정을 가지고 있다는 뜻이나 다름없지 않을까요?

"어째서 이 나라에 온 겁니까?"

그래서 저는 단적으로 물었습니다.

그녀는 "으음" 하고 입을 열더니.

"역시, 안 되나?"

그렇게 눈을 홉뜨며 되물었습니다.

난처해하고 있어…….

"안 되는지 어떤지 저로서는 알 수 없습니다."

이 나라 사람들에게 퇴치해달라는 부탁을 받아놓고 이런 말을 하는 것은 상당히 뻔뻔하게 느껴집니다만.

사정을 듣는 것 정도는 상관없을 테지요.

"…………."

오로넬라 씨는 말없이 저를 바라보았습니다.

그리고 천천히 입을 열고 "뭐, 대단한 사정이 있는 건 아니지만, 그래도 듣고 싶어?"라고 말했습니다.

대체로 이렇게 전제를 깔아두는 이야기는 대단한 사정을 갖고있는 법이지요. 저 압니다.

그래서 그에 맞는 각오를 하고서 저는 고개를 끄덕였습니다.

그러자 그녀는 "그래"라고 짧게 답하고, 그리고서 이야기했습니다.

"내가 인간 마을을 배회하게 된 건, 지금으로부터 대략 반년 정도 전부터야——."

다소 심각한 분위기를 자아내며.

옛날이야기를.

○

수십 년 전.

"사람 피는 말이지, 엄청나게 맛있단다."

아직 오로넬라 씨가 어리던 때.

오로넬라 씨의 할아버지는 과거에 집락 밖, 인간 마을에서 살던 시기가 있었는지, 자주 오로넬라 씨와 그 여동생에게 옛날이야기를 해주었습니다.

"사람 피……?"

고개를 갸웃거리는 두 여자아이에게 할아버지는 말했습니다.

"특히 젊은 여성의 피는 엄청나게 맛있단다. 나도 젊을 때는 매일 밤 여자아이를 이리저리 바꿔댔지…… 그립구면……."

그녀가 인간 마을에 흥미를 갖게 된 것은 옛날이야기를 하는 할아버지의 눈이 언제나 매우 반짝였기 때문인지도 모릅니다.

"…………."

회상이 시작되자마자 끼어드는 것은 죄송스러운 일이었습니다만.

"당신 할아버지는 뭐 하는 사람입니까?"

"옛날에는 인간 세상에서 한가락 하던 흡혈귀였대."

"그렇습니까. 그런데, 한가락 했다는 표현은 요즘 잘 안 씁니다."

"우리 본가 쪽에서는 쓰는 사람이 많은데?"

"그건 그저 시골이라서가 아닌가요?"

아무튼, 시간은 흘렀고.

지금으로부터 얼마 전.

흡혈귀 집락에서 지루한 하루하루를 보내던 젊디젊은 여성이 있었습니다.

그녀가 사는 흡혈귀 집락은 약점인 햇빛을 피하기 위해, 그리고 쓸데없는 다툼을 피하기 위해, 사람 마을에서 멀리 떨어진 깊은 숲 안쪽, 동굴 속에 있다고 합니다.

그곳에서 많은 흡혈귀들은 평온한 삶을 만끽했습니다.

그러나, 그녀는 그러지 못했습니다.

"더는 싫어! 이런 시골 재미있는 게 아무것도 없어! 밥도 늘 동물 피뿐이고! 축축하고! 싫어! 나, 인간 마을에서 매일 밤 파티하고 싶어! 인간의 생피를 빨고 싶어!"

매일같이 이웃집에까지 들릴 만큼 싫어! 싫어! 하고 외치는 아흔 살.

그렇습니다. 그녀는 성가신 반항기(90세)였던 것입니다.

그리고 도시를 동경하는 세상을 모르는 어리광쟁이 여자아이(90세)였던 것입니다.

아흔 살…….

인간 기준으로는 너무나도 늦은 반항기에 그녀의 부모님은 매우 난처해했다고 합니다.

"너 또 그런 말을! 인간 마을에 가면 좋은 꼴을 못 보니까 그만두라고 했잖아! 집락에서 얌전히 채혈업자로 취직해!"라는 어머니.

참고로 집락에서는 주로 소와 양 등의 가축에서 혈액을 회수하고, 그것을 식량으로 삼았다고 합니다.

"싫어! 가고 싶어!"

그러나 그녀는 말을 듣지 않는 아흔 살이었습니다.

"당신도 뭐라고 한마디 해!"

"아…… 응. 그러니까 그게. 인간은 말이지, 무서워. 사람 마을에 가는 건 아버지도 반대야."

"싫어!"

그러나 그녀는 무조건 고집을 부리며 말을 듣지 않는 곤란한 아이였습니다.

"정말이지…… 대체 누가 이 애한테 쓸데없는 소리를 한 거람……."

"허허허."

할아버지였습니다.

"아버님! 애한테 쓸데없는 말 하지 마세요!"

매일같이 "가고 싶어 가고 싶어!" "가고 싶어 가고 싶어!" "도시에 가고 싶어!" 하고 울기만 할 뿐.

그런 하루하루를 보내던 중에 그녀는 어떤 결론에 다다랐습니다.

"가출하면 되잖아!"

가출, 하면, 되잖아.

이제 아흔 살이고. 딱 좋은 나이고. 부모의 반대 같은 건 무시하고 자유롭게 살면 되는 게 아닐까요?

그런고로.

그런 흐름을 거쳐서.

만반의 준비를 하고.

"시골이여, 안녕!"

이리하여 그녀는 짐을 꾸려서 시골을 나왔고, 그토록 동경하던 도시 생활——이 아니라, 인간 마을에서의 생활을 시작했던 것입니다.

그런데 우리 인간이 알기에 일반적인 흡혈귀란 어떤 존재일까요? 태양에 약하고, 생명력이 강하고, 대개가 매력적인 외모를 가졌고, 그러나 인간에게 위해를 가하는 위험한 존재. 그리고 마늘에 약하다.

대략 그런 인식이지 않을까요?

오로넬라 씨는 인간 세계를 찾아오고서 오늘에 이르기까지, 반년 정도 이런저런 나라를 어슬렁어슬렁 정처도 없이 다녔습니다만, 대체로 어느 나라에서나 흡혈귀에 대한 인식이라는 것은 비슷했습니다.

"안녕, 아가씨. 피를 좀 줄 수 없을까? 나 배가 고픈데."

맨 처음 갔던 나라에서 그녀는 답답할 정도로 당당하게, 의역하자면 대략 이런 느낌의 말을 하며 피를 달라고 졸랐다고 합니다.

그런 순진무구, 혹은 세상 물정 모르는 그녀에 대한 마을 아가씨의 반응은 바로.

"뭐? 짜증."

매정하게 차였습니다.

"어라······?"

인간은 간단히 피를 나눠주지 않았습니다. 설령 체내에서 만들어지고 또 체내에서 보충되는 것이라 해도, 간단히 "네 얼마든지요" 하고 목덜미를 내밀어주지는 않습니다.

그녀는 그 후로 나라에서 나라를 전전했지만, 친절하게 피를 마시게 해주는 인간은 나타나지 않았습니다. 누구에게 부탁해도 "뭐? 기분 나빠"라며 거절당할 뿐이었습니다.

한 달 정도 여러 나라를 거치며, 공복을 채우기 위해 피를 마시게 해달라고 부탁하며 다녔습니다만, 아무도 그녀의 바람에 답해주지 않았습니다.

"배고파……. 이거 큰일이네……."

이윽고 그녀는 배고픔을 견딜 수 없게 되었습니다.

그녀와 같은 흡혈귀는 극도의 공복 상태가 되면 제정신을 잃습니다. 발작적으로 인간의 피를 원하게 되는 일이 있으며, 그렇기 때문에 공복 상태가 되지 않도록 적당한 동물의 피를 마시고 있다고 합니다. 그러나 인간 마을로 나온 그녀의 눈앞에는, 맛있어 보이는 젊은 여성이 잔뜩 있었던 것입니다.

참고 견디는 일은 그녀에게 있어 고통 그 자체였습니다.

그런고로, 조금 좋지 않은 짓을 했습니다.

"……실례합니다."

열려 있던 창문으로 남의 집에 몰래 침입하는 오로넬라 씨. 침대에서 고른 숨소리를 내는 여자아이에게 다가간 그녀는 그 머리카락을 한쪽으로 치우고, 그리고, 목덜미에, 송곳니를 세웠습니다.

피는 아주 조금만, 한 모금도 안 될 정도로만 마셨습니다.

그런데 흡혈귀의 체액에는 특수한 작용이 포함되어 있다고 합니다. 빠는 양이 지나치게 많으면 사람의 신체가 체액과 반응하여 흡혈귀의 권속이 되고 말 가능성이 있기 때문에 마시는 것은 한 모금이 좋다고, 그녀는 가르쳐주었습니다.

참고로 한 모금으로 사람의 신체에 일어나는 변화는, 환부에 생기는 약간의 가려움뿐이라고 합니다.

역시 모기 같다고 생각했습니다.

그리고 그녀는 밤이면 밤마다 창문으로 남의 집에 숨어들어서는 여자아이의 피를 빨고 다니는 날들을 보내기 시작했다고 합니다.

어째서 여자아이의 피만 마시는 것일까요?

저의 물음에 그녀는.

"여자아이의 피가 제일 맛있다고, 우리 할아버지가 말했으니까……."

그렇게 조금 곤란해하며 답해주었습니다. 그리고 성인 남성은 무서워서 접근할 수 없다, 라고도.

무슨 순진한 아가씨 같은 말을 하시는 겁니까 이 흡혈귀는.

"그래서, 실제로 맛있었나요?"

"우후후. 알고 싶어? 마녀님."

"…………."

그러나 아무리 몰래 숨어들었다 해도 사람은 밤중에 누군가에게 피를 빨리면 눈치를 채는 법입니다. 게다가 밤중에 남의 침실에 숨어든 그녀가 언제까지고 누구에게도 들키지 않는다, 같은 일은 없었습니다.

흡혈귀가 밤마다 숨어들어 피를 빤다는 소문은 금세 퍼져나갔습니다.

이윽고 대책도 세워졌습니다.

어느 날, 평소처럼 창을 통해 숨어든 오로넬라 씨.

"잘 먹겠습니다" 하고 입을 연 순간, 잠들어 있었을 터인 여자아이가 일어났습니다.

"이 흡혈귀가!"

휙 하고 던져진 마늘.

"으윽."

마늘은 오로넬라 씨의 이마에 직격.

날카로운 통증이 그녀의 이마에서 전신으로 퍼져나갔습니다. 마늘은 흡혈귀에게 있어 천적입니다.

그날 오로넬라 씨는 이마를 누르며 밤하늘로 도망쳤습니다.

다음 날부터는 전혀 잘 풀리지 않게 되었습니다. 마을 사람들은 하나같이 창가에 마늘을 걸어두게 되었고, 마늘을 두지 않은 집은 들어간 순간 주민이 마늘을 투척해 오게 되었던 것입니다.

참고로 창가에 마늘을 두지 않은 집은 주로 어린 여자아이가 사는 집──이전에 오로넬라 씨에게 흡혈을 당한 피해자가 사는 집이었습니다.

집에 숨어든 오로넬라 씨는 언제나 마늘투성이가 되었습니다. 피해 여성들에게 보복을 당한 것입니다.

"너, 너무해! 어째서 이런 짓을 하는 거야?!"

인과응보가 아닙니까?

결국 오로넬라 씨는 도망치듯 나라를 떠나게 되었습니다.

다른 나라에 도착한 오로넬라 씨는 다시 밤마다 집에 숨어들었습니다. 처음에는 누구에게도 들키지 않고 흡혈할 수 있었습니다. 그러나 한 달 정도 지나면 주민들도 흡혈귀인 그녀의 존재를 눈치채고, 모두 마늘을 던지게 되는 것입니다.

마늘을 던지기 시작하면 그녀는 또 다른 나라로 여행을 떠났습니다.

그녀는 같은 일을 끝없이 반복했습니다. 흡혈하고, 들키고, 마늘을 맞는다. 그런 일상을 보냈습니다.

언제까지나 상황은 나아지지 않은 채, 그녀는 비슷한 날들을 보냈습니다.

참고로 어떤 이유에서인지, 이 나라에 이르러서는 그녀의 모습을 보자마자 "아, 도둑!" 하고 외치며 마늘을 냅다 던지는 꼴을 당했다고 합니다. 이것도 인과응보라고 생각합니다만, 그녀는 역시 "너, 너무해! 어째서 이런 짓을 하는 거야!" 하고 한탄했습니다.

이상.

지난 반년 동안의 일이었습니다.

"…………."

뭐, 요컨대.

정리해보자면.

"전혀 대단한 사정이 아니로군요."

요약하면 흔한 가출 이야기입니다.

오로넬라 씨는 제 말에 귀를 기울이며 창밖을 바라보았습니다. 어딘가 먼눈을 하고 있었습니다.

"그러니까 처음에 그렇게 말했잖아."

○

이 나라의 관청에서 받은 의뢰를 완수할 셈이라면, 그녀를 이 나라에서 냉큼 쫓아내 버리면 그걸로 해결이라는 것은 틀림이 없을 테지요.

이 나라에서 쫓겨난다고 해도 그녀는 분명 새로운 나라에서 마
찬가지로 밤이면 밤마다 몰래 숨어들어 다른 사람의 피를 가져가
고, 그리고 또 마찬가지로 주민들이 던진 마늘을 맞게 될 테지요.
과연 여기에서 제가 그녀를 타이르고 "이제 이런 짓을 하면 안 돼
요" 하고 말하며 콩 하고 그녀의 머리를 때리고 혼낸다고 한들,
의미가 있는 걸까요?

무엇보다 그녀의 회상에는 나오지 않았지만, 이 나라 관리님의
말에 따르면 도둑질에도 손을 대고 있는 모양이니── 그다지 좋
은 상황이라고는 말할 수 없습니다.

곤란하군요.

"저기. 그런데, 나 좀 오래 이야기를 했더니 목이 말라. 뭔가 맛
있는 게 마시고 싶은데."

곤란하군요.

"맛있는 피를 한 모금만 줘."

정말 곤란하군요…….

저는 과장된 한숨을 내쉬며 그녀에게 말했습니다.

"일단 앞으로는 창문을 넘어서 남의 집에 숨어드는 건 그만두
기로 할까요?"

살금살금 몰래 다니니 좋지 않은 짓에 손을 대게 되는 겁니다.

"남의 집에 몰래 들어가는 걸 그만두겠다고 약속하면 피를 빨
게 해줄래?"

무슨 말씀을.

"제 목에서 피를 빨게 해주는 일은 절대 없을 테니 그런 줄 아세요."

"어째서."

"목 주변이 가려워지는 건 싫으니까요."

"우우……."

불만인가 봅니다. 뺨을 부풀린 채 그녀는 저를 바라보았습니다.

그런 얼굴을 해도 싫은 건 싫은 겁니다. 그녀를 위해 머리카락을 정리하고 목덜미를 드러내는 일은 없을 겁니다.

그보다도 지금은 그녀가 인간 마을에 받아들여질 방법을 생각하는 것이 우선 아닐까요?

"한 가지 묻고 싶은 게 있습니다만."

저는 그녀에게 물었습니다.

"만약 합법적으로 흡혈을 할 수 있는 방법이 있다면, 당신은 살금살금 한밤중에 남의 집에 숨어들어 피를 빨거나 하지 않겠죠?"

"?"

그녀는 제 말에 고개를 갸웃거리고, 약간 난처한 듯 얼굴을 찌푸리면서 "음" 하고 신음한 다음.

"그러네. 뭐…… 그런 방법이 있으면, 밤중에 숨어드는 일은 안 하겠지."

처음에는 고지식할 정도로, 방금 제게 그러했듯이 "피를 줘" 하고 주민── 주로 어린 여자아이에게 부탁한 모양이니, 아마 그녀도 좋아서 빈집털이 같은 짓을 반복하고 있는 것은 아닐 터입니다.

몰래 숨어드는 것은 그 이외의 방법을 그녀가 떠올리지 못했기 때문일 뿐입니다.

저는 잠시 생각했습니다.

그녀가 남의 집에 숨어들지 않아도 될 방법.

뭔가 없을까요——.

"……아."

그리고 문득 저는 떠올렸습니다.

획기적이라고는 말할 수 없지만, 제법 나쁘지 않은 방법.

하나 있었습니다.

"……오로넬라 씨. 탐정업에 흥미는 없으신가요?"

저는 말하며 침대 옆으로 시선을 돌렸습니다.

조금 전 다 읽은 참인 탐정 소설이 한 권, 놓여 있었습니다.

탐정이 흡혈귀였다고 하는 황당무계한 소설이, 하나.

○

"즉, 사람들을 도와주는 대신에 피를 받으면 된다고?"

달빛을 받는 거리를 저와 오로넬라 씨는 나란히 걸으며 대화를 나누었습니다.

그녀는 제 제안에 조금 의아해했습니다.

"하지만 나, 수수께끼 풀이 같은 건 그다지 특기가 아닌데."

"아뇨, 무리하게 수수께끼를 풀어달라는 말이 아닙니다."

저는 천천히 고개를 저었습니다.

©Azure

"탐정이라고 말했지만, 당신에게 해주었으면 하는 일은 마을에서 곤란해하는 사람을 찾아내 도움을 주는 것뿐이에요. 정신노동보다 육체노동을 주축으로 일해줬으면 해요."

"……요컨대 심부름센터 같은 거야?"

"그런 겁니다."

"그럼 탐정이 아니라 심부름센터라고 하면 되지 않아?"

"오로넬라 씨. 이런 건 겉치레부터 그럴듯하게 갖추는 게 제일이에요……."

오로넬라 씨가 많은 사람들에게 도움을 줄 수 있을 만큼의 신체 능력을 갖고 있을지 어떨지는 조금 의문의 여지가 있습니다만──.

"……뭐, 알았어."

오로넬라 씨는 결국 받아들여 준 모양입니다. 그때, 그녀는 걸음을 멈추고 갑자기 길가에 있는 부티크를 바라보았습니다.

예쁜 옷이 진열되어 있었습니다.

유리에 비친 것은 멍하니 옷을 바라보는 오로넬라 씨와 그 모습에 고개를 갸우뚱하는 저의 모습.

그리고, 이윽고.

"그럼 이런 건 어떨까?"

그녀는 빙글 그 자리에서 한 바퀴 돌았습니다.

직후였습니다.

그녀가 입고 있던 빨강과 검정 드레스가 달라졌습니다.

머리에는 헌팅캡. 그녀의 몸에는 캐멀 트렌치코트가 걸쳐져 있었습니다. 그 모습은 왠지 모르게 어쩐지 머릿속에서 그려지는 고전적인 탐정 모습 그 자체였고, 그녀의 어른스러운 분위기도 어우러져서 묘하게 그럴듯했습니다.

그보다.

"……지금 어떻게 한 건가요?"

본 바로는 부티크의 쇼윈도에 전시된 옷을 그대로 옮겨 자신에게 입힌 것 같습니다만.

"흡혈귀니까. 이 정도는 식은 죽 먹기야."

말하길, 그녀와 같은 흡혈귀들은 자신의 모습을 자유자재로 조작하는 능력을 갖고 있다고 합니다. 피가 부족하지 않을 때에 한해, 얼굴만이 아니라 입고 있는 옷과 목소리와 자신의 모습에 이르기까지 자유자재로. 오늘은 아직 그렇게까지 배가 고프지 않아서 옷 정도라면 바꿀 수 있어, 라고 말한 그녀는 그 자리에서 몇 번인가 빙글빙글 돌며 옷을 바꾸어 보였습니다.

트렌치코트에서 드레스로 돌아오고, 제 로브로 바꾸고, 그리고 쇼윈도에 진열된 옷으로 몇 번인가 갈아입고, 그리고 다시 트렌치코트로 돌아왔습니다.

그런데 이쯤에서 신경이 쓰이기 시작했습니다만.

"흡혈귀는 거울에 비치지 않는 거 아닌가요?"

이전에 읽었던 책에는 그런 내용이 쓰여 있던 기억이 있습니다만.

"아니, 전혀 그렇지 않은데."

"아니 하지만——."

"너 혹시 책을 읽은 것만으로 전문가인 척하는 타입?"

저는 마늘을 던졌습니다.

"아파!"

과연, 그렇군요.

상당히 특수한 능력을 갖고 계신 모양입니다.

"이건 일 쪽도 기대할 수 있을 것 같네요……."

이리하여 저와 오로넬라 씨에 의한 탐정업이 소박하게 막을 올렸습니다.

거리를 걸으며, 길을 나아간 저희는 행인들에게 모조리 말을 걸었ㅡ.

"잠깐 기다려! 나, 귀여운 여자아이 이외의 피는 필요 없거든!"

……주로 귀여운 여자아이를 타깃으로 삼아 말을 걸고 다녔습니다. 그러나 제가 말을 걸어서는 의미가 없습니다. 앞으로는 그녀가 주로 혼자서 활동해야 하기 때문에, 그 예행 연습을 겸해서 말을 거는 것은 주로 그녀가.

"안녕, 아가씨. 잘 지내나요?" "지금 좀 곤란한 일은 없나요?" "최근에 탐정업을 시작했는데, 괜찮다면 어떠신가요?"

그런 느낌으로.

그때, 저는 그녀의 보조로서.

"이 사람, 엄청나게 머리가 좋아서 뭐든 할 수 있는 대단한 사람이에요." "곤란할 일, 정말로 없으신가요? 자신의 가슴에 손을 대보는 건 어떤가요?" "당신이 첫 손님이에요! 어떤가요? 엄청 득인데요?"

그렇게 일일이 추임새를 넣었습니다. 요컨대, 심심했습니다.

밤거리에서 여자아이들에게 모조리 말을 걸고 다니는 수상한 2인조가 있다──같은 신고를 당해도 이상하지 않을 정도로, 저희는 여자아이에서 여자아이로 옮겨 다녔습니다.

그러나. 옮겨 다녔다는 표현에서 혹여 눈치채셨을지도 모르겠습니다만, 저희의 영업 활동은 전혀 잘 풀리지 않았습니다.

"뭐? 기분 나빠."

여자아이들은 하나같이 저희의 제안을 그렇게 쌀쌀맞게 차버렸습니다. 말을 더 붙여볼 여지도 없었습니다. 이 마을의 여자아이들은 차가운 아이들뿐인 걸까요?

아뇨 아뇨, 그럴 리 없습니다. 여자아이들이 전부 예외 없이 그야말로 쓰레기를 보는 것 같은 눈초리를 이쪽으로 보내고 있던 것은, 결코 이 나라의 평균적인 여성이 그러한 사람뿐이기 때문이 아닙니다.

주로 오로넬라 씨 탓이라고 저는 생각합니다.

"뭐……? 탐정? 마침 잘됐네! 실은 나 곤란한 일이 있어!"

운 좋게도 다섯 명째 정도에 저희는 의뢰를 받아줬으면 해, 하고 청하는 기특한 여성과 만났습니다. 그녀는 저희를 번갈아 보더니.

"……하지만, 탐정 의뢰는, 비싸지?"

미심쩍은 시선을 보내는 것이었습니다. 이건 절호의 기회.

오로넬라 씨는 돈을 원하는 게 아닙니다. 한 모금 정도의 피를 나눠주길 바랄 뿐입니다.

"후후후. 돈은 됐어."

그래서 그녀는 매우 기쁜 표정을 지으며 여성에게 답했습니다. 이렇게.

"대신에 쪽 하게 해줘."

라고.

"뭐? 기분 나빠."

결국 다섯 명째로 만났던 마음씨 고운 여성도 오로넬라씨의 의미를 알 수 없는 발언 탓에 그야말로 쓰레기를 보는 듯한 시선을 보내며, 그대로 "두 번 다시 접근하지 마" 하고 길가에 침을 뱉고서 가버렸습니다.

"…………."

저는 오로넬라 씨를 바라보았습니다.

예에 따라서 조금 전부터 몇 번이고 받은 쓰레기를 보는 듯한 눈초리를 하고 있었으리라 생각합니다.

"저기, 오로넬라 씨. 당신 언제나 이런 식으로 부탁했던 건가요?"

"우리 본가에서 쪽 한다는 건 피를 빤다는 의미야."

"그렇습니까."

"응."

"그거 그만두는 편이 좋습니다."

"역시나?"

그녀는 그만 무심코 길 가던 여성에게 피를 빨게 해달라고 부탁해야 할 순간에 "쪽 하게 해줘"라고 부탁하고 마는 이상한 데도 정도가 있는 습관을 갖고 있는 모양이었던지라, 저는 적당한 순간에 그녀의 조심성 없는 언동을 방해하면서 주민에게서 의뢰를 받았습니다.

다행스럽게도 "피를 달라고……? 어쩐지 흡혈귀 같은 말을 하네……" 하고 의아하다는 표정을 살짝 짓기도 했지만, 그래도 노골적으로 거절하는 사람과 "뭐? 기분 나빠"라며 침을 뱉는 사람은 그 후로 전혀 나타나지 않게 되었고, 무사히 주민(주로 여성)의 의뢰를 받을 수 있게 되었습니다.

우선 첫 번째 사람.

밤길을 혼자 걷고 있던 여성에게 말을 걸었습니다.

"나 이제부터 데이트를 하러 가는데, 장소를 잘 모르겠어…… 어떻게 좀 안 될까?"

요컨대 미아라는 뜻이었습니다. 데이트 장소를 몰라 미아라니 심하게 칠칠치 못한 모습이었습니다만, 의뢰를 받을 수만 있다면 상관없는 일일 테지요.

"알았어. 그럼 바를 찾으면 되는 거지?"

오로넬라 씨는 흔쾌히 승낙했습니다.

그리고 우리는 둘로 나뉘어 데이트 약속 장소를 찾았습니다. 의뢰인 여자아이에게는 그 자리에서 기다려달라고 부탁하고, 저는 빗자루로 오로넬라 씨는 자신의 날개를 이용하여 하늘 위에서 가게를 찾았습니다.

다행히도 가게는 금세 찾았습니다.

"가게 위치는 이 길을 곧장 간 다음에 막다른 곳에서 왼쪽으로

꺾으면 있어. 안내해줄게."

그렇게 오로넬라 씨는 의뢰인 여자아이의 손을 잡고서 걷기 시작했고, 가게까지 그녀를 에스코트했습니다. 가게에 도착한 여성은,

"고마워! 설마 이렇게 간단히 찾을 줄은 몰랐어——."

그렇게 말하며 감사 인사를 했습니다.

"그런데, 대가인 피는 어떻게 주면 되는 거야?"

고개를 갸웃거렸습니다.

어떻게냐고 물으신들, 그게, 목덜미를 콱 물고서 피를 쪼옥 할 수 있다면 오로넬라 씨로서는 그것이 가장 좋은 일이겠습니다만.

"아니, 대가는 됐어."

그러나 이상하게도 그녀는 의뢰에 성공했음에도, 피를 받을 수 있는데도, 고개를 저었습니다.

"이제부터 데이트를 할 여자아이의 목덜미에서 피를 빨아서는 탐정이라는 이름이 깎이잖아?"

그리고 웃으며 그리 말했습니다.

결국 오로넬라 씨의 첫 일은 무보수로 여자아이를 가게까지 데려다주었을 뿐이라는, 평범한 친절로 끝나고 말았습니다.

웃는 얼굴로 여자아이를 배웅하는 그녀의 모습은 흡혈귀다움과는 상당히 거리가 멀었습니다.

"오로넬라 씨, 괜찮은가요?"

저는 물었습니다.

직후에 오로넬라 씨는 조금 굳은 얼굴을 이쪽으로 돌리고, 말했습니다.

"……허세를 부리고 말았어."

"…………."

"일레이나 씨. 대신에 네가 쪽 하게 해주는 것도——."

"삼가 거절합니다."

그런 연유로, 그런 느낌으로 첫 번째 의뢰는 성공했음에도 보수는 제로인 무보수 노동으로 막을 내렸습니다.

그럼, 두 번째.

"실은 우리 가게 화장실에 틀어박혀 있는 여성 손님이 있어서요……."

저희는 그 자리의 흐름으로 바에 들어갔습니다. 가게 카운터에서 셰이커를 잘그락잘그락 흔들던 여성은, 눈썹을 늘어뜨리며 저희에게 그러한 의뢰를 했습니다.

보수로 피를 받고 싶다, 라는 제안에는 조금 곤혹스러워했습니다만.

"……피라니, 어떻게 드리면 되는 건가요?"

사전에 상세하게 설명해두지 않으면 오로넬라 씨가 또다시 허세를 부리며 이상한 말을 하고 사양할 가능성이 있었던지라, 저는 미리 "저 탐정은 젊고 아름다운 여성의 목덜미에서 직접 피를 빠는 것에 맹렬한 열의를 갖고 있기 때문에, 의뢰를 완수했을 때는 당신의 목덜미에서 피를 한 모금 정도 빨고 싶다고 합니다"라고 설명해두었습니다.

"어머나…… 그건 좀…… 부끄러운걸……."

점원분은 살짝 뺨을 붉혔습니다. 알코올이 들어가기라도 한 걸까요?

하지만 노골적으로 거부하지는 않았고, 그녀도 흔쾌히 승낙했습니다. 좋은 사람이었습니다.

저희는 가게 화장실 앞에 섰습니다.

"실례합니다. 괜찮으신가요?"

똑똑, 우선 제가 문을 두드렸습니다.

"흐어어어엉……."

안에서 짐승의 포효와도 같은 오열이 들려왔습니다. 오호라.

"중증이군요이거."

자, 어떻게 이 안에서 나오게 할까요.

"일레이나 씨. 이건 내가 탐정답게 지혜를 짜낼 상황이 아닐까?!"

잘 이해되지 않은 상황에서 잘 이해되지 않게 흥분하며 잘 이해되지 않는 말을 하시는 것이, 아무래도 오로넬라 씨라는 흡혈귀의 생태인가 봅니다.

"딱 보아도 여기는 밀실이야. 문은 잠겨 있고, 살펴본 바로 출구는 이 문 하나뿐. 안에서는 오열이 들려오고 있어. 아까부터 줄곧 토했을 거라고 짐작할 수 있지. 아마도 상당히 과음을 한 게 틀림없을 거야. 그럼 이 밀실에서 그녀를 꺼낼 방법 말인데, 우선 나는 이 시점에서 서른다섯 가지의 방법을 떠올렸는데──."

"네?"

빠각, 자물쇠가 부서지는 소리가 제 손에서 울렸습니다.

뭔가 했더니 무심코 마법을 써서 자물쇠를 부순 모양입니다. 이런 이런, 큰일이군요.

결국 그녀가 떠올린 서른다섯 가지 방법이라는 것은 하나도 시험해보지 못한 채, 제가 간단히 문을 열어버렸습니다.

"너, 성격이 급한 거야?"

"밀실 따위 마법사 앞에서는 종잇장이나 마찬가지입니다."

참고로 부순 자물쇠는 나중에 확실하게 고쳐두었습니다.

안에서 구출된 것은 20대 초반의, 어린 티가 남은 생김새의 여성이었습니다. 아무래도 최근 남자 친구에게 차인 모양인지, 그 충격을 잊기 위해 술을 쏟아붓듯이 마셨나 봅니다. 결국 그녀의 토사물을 변기가 뒤집어쓰는 꼴이 되고 말았습니다만.

그렇게 저희는 여성 손님을 화장실에서 회수.

두 번째로 맡은 일은 그런 느낌으로 간단히 해결되었습니다.

"아니 대가는 됐어."

그러나, 그럼 약속한 보수를 받아볼까 하고 생각한 직후에. 예에 따라 오로넬라 씨는 또다시 잘 알 수 없는 말씀을 하셨습니다.

"일하는 중에 피를 잃으면 큰일이잖아? 그 피는 네 노동력을 위해 그냥 두도록 해."

나 멋지지? 하고 말하고 싶은 듯한 분위기가 그녀의 전신에서 감돌고 있었습니다.

이미 점원분은 겉옷을 벗고 머리카락을 정리해 목덜미를 드러내고 있었건만, 그래도 그녀는 "됐어"라며 윙크를 해 보였습니다.

"탐정님……."

점원분은 결과적으로 풀어헤쳤던 옷을 정리하며 가슴께를 부여잡기에 이르렀습니다.

"……………."

저는 오로넬라 씨를 그저 바라보았습니다.

한편, 그녀는 이윽고 배고픔에 요동치는 배를 누르며 한숨을 흘렸습니다.

"……또 저질러버렸어."

"학습 능력이 없는 겁니까?"

"괘, 괜찮아…… 다음에야말로 꼭 피를 받을 테니까."

"흐음 정말인가요?"

이 시점에서 이미 그녀의 탐정업에 대한 신뢰도는 제 안에서 바닥을 칠 정도로 떨어져 있었습니다만, 그래도 일단 일은 계속하기로 했습니다.

그런고로, 저희는 세 번째—— 오늘 마지막 의뢰를 받기로 했습니다.

의뢰인은 조금 전 화장실에서 연신 토를 하던 손님입니다.

"우웨에에에에에엑……."

통역하겠습니다.

밤에 바에서 술을 마셨는데, 그만 깜빡하고 지갑을 집에 두고 왔으니 가져와 달라고 부탁을 받았습니다.

"과연. 그건 큰일이군. 내가 해결하지."

등을 쓸어내려 주며 오로넬라 씨는 그녀의 의뢰를 수락했습니다. 바의 여성은 또 토했습니다.

"끄으으으…… 고마워…… 고마워……."

"봐, 일레이나 씨. 내가 하는 일이 누군가의 기쁨으로 이어지고 있어!"

등을 슬슬 문질러주면서 잘 알 수 없는 말을 하는 오로넬라 씨.

"기뻐하는 건 대가를 받은 다음에 하시죠."

그리고 그녀는 기뻐하고 있지 않습니다.

"우웨에에에에에에엑……."

아까부터 쭉 토하고 있습니다.

몸을 알코올에 절인 손님에게 말을 걸어보니, 집에 돌아가도 혼자라 돌아가고 싶지 않다는 불만을 내뱉으면서 집의 위치를 가르쳐주었습니다.

그녀의 자택은 바에서 그럭저럭 가까운 곳에 있었습니다.

저희는 그녀에게 집 열쇠를 받고, 그녀의 집으로 향했습니다.

"당신은 언제나 그런 느낌입니까?"

걷던 중에 무료해진 저는 오로넬라 씨에게 물었습니다.

그녀는 고개를 갸웃거리는 저를 흉내 내듯이 마찬가지로 고개를 갸웃거리며 "무슨 말이야?" 하고 제게 되물었고, 저는 조금 알기 쉽게 설명했습니다.

"언제나 그런 느낌으로 타인에게 친절을 베푸나요?"라고.

"아니, 친절을 베풀 셈은 없는데……."

오로넬라 씨는 조금 곤란하단 얼굴을 했습니다.

"지금은 딱히 피에 굶주린 것도 아니고, 게다가 지금은 일레이나 씨가 있고, 나 혼자서 의뢰를 달성했다고는 말하기 어렵잖아? 보수를 받는 건 어쩐지 내키지 않아."

"하아아."

상당히 성실하시군요.

하지만 그녀의 이 매우 성실하다고 할까 답답하다고도 할 수 있는 성격을 보면 그녀가 평소 하는 행동과는 조금 괴리되어 있는 듯, 저에게는 그렇게 느껴졌습니다.

밤마다 창문으로 숨어들어 피를 빤다──라는 것은 뭐, 배가 고픈 나머지 어쩔 수 없었다는 사정이기 때문이라고 이해는 가능합니다.

하지만 그녀는 이 마을에서 또 하나의 죄를 범했습니다.

관리님이 말하길, 이 마을에서는 현재 흡혈귀에 의한 절도가 유행하고 있다고 했습니다.

피를 받기 위해서라고는 하나, 탐정업에 성실하게 임하고, 그러면서 보수를 받는 것은 내키지 않는다, 같은 말을 하며 배고픔을 견디려 하는 그녀가 절도를 범하고 있다는 것입니다.

상당히 이상한 이야기로군요.

"…………."

바에서 취한 여성의 집에 도착한 것은 그런 생각을 줄줄이 하고 있을 때였고, 저는 집 열쇠를 꽂고, 돌리며, 깨닫고 보니 뒤를 돌아보고 있었습니다.

"그러고 보니, 오로넬라 씨. 어째서 절도 같은 걸 하는 건가요?"

적어도 그녀와 만나서 이야기를 나누고 이렇게 함께 걷고 있는 지금, 그러한 소문은 아무래도 믿기 어려운 농담처럼 여겨졌습니다.

도둑질을 저지른 데는 분명 뭔가 깊은 사정이 있을 테지요.

그런 식으로 생각하는 것은, 제가 오로넬라 씨라는 흡혈귀 씨를 나름대로 한 사람의 인간으로서 신뢰할 수 있다고 느꼈기 때문일까요?

"뭐?"

제 물음에 그녀는 어리둥절한 표정을 지었습니다.

시치미를 떼려는 기색도 없이, 그저 단순히 제 말의 의미가 이해되지 않는다고 말하는 것처럼 매우 몹시 의아한 얼굴을, 그녀는 하고 있었던 것입니다.

그리고 말했습니다.

"나, 남의 집에서 물건을 훔친 적은, 없는데?"

그리고 제가 문을 연 것은 바로 그 순간이었습니다.

오로넬라 씨에게 대꾸하기 전에 저는 집 안이 조금 이질적인 분위기에 휩싸여 있는 것에 위화감을 느끼고, 입을 떡 벌린 채 멈추었습니다.

아무도 없을 터인 여성의 집에는 불이 밝혀져 있었고, 부스럭부스럭하는 자그마한 소리가 울리고 있었습니다. 혼자 산다는 이야기를 들었습니다만, 어째선지 그녀의 집에서는 누군가의 기척이 느껴졌던 것입니다.

아니, 기척만이 아니었습니다.

"……앗."

집 안.

이쪽을 돌아본 여성은 매우 몹시 난처한 듯 인상을 찌푸리고 있었습니다.

어질러진 방 안. 열려 있는 서랍에 손을 집어넣은 채 돌아본 그녀의 옆에는 목걸이와 반지를 비롯해, 척 보기에도 비싸 보이는 가방과 시계 등이 부자연스러울 정도로 깔끔하게 정리되어 있었고, 명백하게 훔치기 직전으로 보였습니다.

게다가 무엇보다 신경 쓰였던 것은, 그 여성의 모습이 너무나도 눈에 익었다는 점이었습니다.

반쯤 열린 입에는 송곳니가 자라나 있었고, 입고 있는 드레스의 등에는 날개가 달려 있었습니다. 그것은 오늘 저도 보았던 오로넬라 씨의 진짜 모습 그 자체.

요컨대, 그 모습은 그야말로 흡혈귀였습니다.

였습니다만.

"…………."

저는 빤히 방 안에 있는 여성을 응시했습니다.

"……어라?"

제 뒤에서 오로넬라 씨는 의아한 표정을 짓고 있을 뿐입니다.

진짜 흡혈귀와 전혀 딴판일 만큼 저희의 눈앞에 있는 여성에게 달린 그 날개는 어설픈 소품이었고, 송곳니도 한 번 깨물면 그대로 부러지고 빠져버릴 만큼 싸구려 물건이었습니다.

요컨대 가짜였던 겁니다.

"……저기."

여기서 제 뒤에 서 있던 탐정님은 탐정답게 추리를 해 보였습니다.

"일레이나 씨. 남의 집에서 물건을 훔치는 흡혈귀란 건, 혹시 저거 아냐?"

"그런 것 같네요."

"저거 아무리 봐도 평범한 사람인데."

"그런 것 같네요."

"그러니까 어떻게 된 건데?"

"그냥 빈집털이 아닐까요?"

조금 더 자세하게 말하자면.

평범한 빈집털이가 흡혈귀 코스프레 의상을 몸에 걸치고, 오로넬라 씨에게 죄를 뒤집어씌우려 하고 있다, 라는 것이기도 하지요.

제아무리 사람 좋은 오로넬라 씨라도 빈집털이 현장을 목격하고 웃으며 용서할 정도로 속이 좋지는 않았나 봅니다.

오로넬라 씨는 곧장 제 옆을 스쳐 지나가더니, 흡혈귀── 차림을 한 빈집털이 쪽으로 다가갔습니다.

탐정다운 트렌치코트에서 흡혈귀다운 드레스 차림으로 돌아왔습니다.

천천히, 애를 태우듯이.

한 걸음, 또 한 걸음, 오로넬라 씨가 다가갈 때마다 빈집털이의 얼굴에서 핏기가 사라져갔습니다.

"아, 저기, 나, 실은 흡혈귀거든? 아주 무섭다고. 알겠어? 응? 그 이상 다가오면 피를 빨 거야. 진짜로 빨 거라고. 아, 잠깐──."

그나저나 오로넬라 씨는 오늘 아무것도 먹지 못했고, 쉬지 않고 일한 탓에 배가 슬슬 고팠던 모양입니다.

그렇다고 한다면.

그만 실수로 살짝 맛을 본다고 해도, 그것은 아마도 어쩔 수 없는 일인 것이 아닐까요?

"히끄으윽…… 고마워…… 고마워어……. 탐정님 좋아……! 결혼해줘!"

지갑을 집에서 회수한 저희는 술 취한 여성에게로 돌아와 의뢰를 완수했습니다. 손님은 저희를 기다리는 동안 줄곧 물을 마신 모양입니다만, 그래도 깨지 않은 취기는 그녀의 의식을 애매하게 만들고 있나 봅니다.

"답례로 이걸……."

그녀는 그렇게 말하며 자신의 목덜미를 드러냈습니다만.

"내 모든 걸 받아줘도…… 괜찮거든?"

그렇게 오로넬라 씨에게 몸을 맡기듯이 쓰러졌습니다만.

"어? 잠깐…… 괜찮아?"

오로넬라 씨에게 안겨 일으켜진 그녀는 눈을 감고, 분명하게 반쯤 자고 있었습니다.

"……쿠우울."

심지어 이미 코를 골기까지 했습니다.

분명 내일이면 자신이 바에서 무얼 했었는지도 기억하지 못할 테지요.

"…………."

오로넬라 씨는 주정뱅이의 흐트러진 옷을 조심스럽게 바로잡아 준 다음, 그녀를 재우고, 몸을 일으켰습니다.

©Azure

그리고 말했습니다.

"아니, 대가는 됐어."

의뢰인은 이미 꿈속에 있건만, 변함없이 허세를 부리며, 그리고 동시에 자신의 입술을 핥으며 말했습니다.

"이미 받았거든."

○

다음 날.

해가 기울 무렵.

저는 이 나라의 관청으로 향했습니다.

"그것참, 마녀님. 큰 공을 세우셨습니다. 어제 잡힌 흡혈귀——코스프레를 했을 뿐인 빈집털이는 이전부터 쭉 이 나라에서 빈집털이를 계속했었는지, 그녀의 집에서 도난품이 몇 개나 발견되었습니다."

어제 저희와 마주했던 빈집털이는, 그대로 해가 뜰 무렵에 제가 관청에 넘겼던 것입니다.

관청에서 조사를 받은 다음, 빈집털이가 최근 흡혈귀 차림을 하고서 도둑질을 했다는 사실이 밝혀졌습니다. 범인인 여성은 "최근 흡혈귀가 나온다고 하기에 흡혈귀 차림을 하면 도둑질을 해도 들키지 않을 거라고 생각했다"라고 진술했다고 합니다.

실제로 이 나라에서는 밤마다 사람들의 집에 숨어들어 피를 빨고 다니던 오로넬라 씨가 절도까지 벌이고 있다고 괜한 의심을 받았으니, 그녀의 생각대로 일이 진행된 것은 틀림이 없습니다.

정말이지. 아주 나쁜 사람이로군요!

"그런데 그 빈집털이, 왠지 빈혈기가 있어 보였습니다만, 무슨 일이 있었습니까?"

관리님은 고개를 갸웃거리며 그러한 말씀을 하셨습니다.

"글쎄요?"

저는 시치미를 떼며 마찬가지로 고개를 갸웃거렸습니다.

그리고 제 옆에 앉은 오로넬라 씨는.

"에헤헷."

그렇게 조금 부끄러워하고 있었습니다.

"조금 많이 빨아버렸어"라고도 이야기했습니다. 그 피부는 92세의 나이라고는 생각할 수 없을 만큼 매끈매끈했습니다.

잘 생각해보면, 오로넬라 씨는 애초에 시골에서 자란데다, 사람들이 사는 마을에서 떨어진 동굴에서 자랐습니다. 피만 있으면 옷도 자유롭게 갈아입을 수 있는 데다, 식사도 할 필요는 없습니다. 심지어 돈도 그다지 필요 없습니다.

빈집을 털 이유 따위는 거의 없을 테지요.

저도 이 나라 사람들도, 그녀와 흡혈귀라는 존재의 생태에 관하여 잘 알지 못했기 때문에 그만 그녀가 빈집털이범이라고 오해하고 말았던 것입니다.

죄송스러운 짓을 저지르고 말았습니다.

"정말 죄송합니다. 흡혈귀님."

맞은편에 앉은 관리님은 깊게 고개를 숙이더니 "마을 주민들이 큰 무례를 저질렀습니다. 정말 뭐라 사과를 드려야 할지……" 하고 말끝을 흐렸습니다.

"이번 일의 사과인 건 아니지만……."

관리님은 그렇게 말하며 품에서 금화와 두 장의 종이를 꺼냈습니다.

"이쪽은 이번 의뢰의 보수와——그리고, 이 나라에서 세 손가락 안에 들까 말까 한다는 고급 숙소의 이용권입니다. 레스토랑도 함께 운영되고 있으니, 부디 마녀님과 함께 편하게 쉬어주십시오."

고급 숙소에 고급 레스토랑인가요.

고급…….

듣기 좋은 말이로군요……. 아니, 하지만.

"지나치게 좋은 대우로군요."

제가 고개를 갸웃거리자 관리님은 조금 쑥스러운 듯이 웃었습니다.

"네. 이번 일로 흡혈귀님의 팬이 되어서요."

"직권남용 아닌가요?"

"역시 안 될까요?"

고개를 갸우뚱하는 관리님을 무시하고 저는 바로 옆으로 고개를 돌렸습니다.

"어……? 이런 거 받아도 돼? 정말……?"

갑자기 건네진 금화와 고급 숙소 이용권에 당혹스러워하면서도, 받아도 괜찮은 것인지 망설이며 안절부절못하고 있는 오로넬라 씨의 모습이 보였습니다.

"뭐, 괜찮지 않을까요?"

○

그날, 저희는 곧바로 고급 숙소로 걸음을 옮겼고, 그 김에 고급 레스토랑에도 들렀습니다.

"헤이, 셰프. 나는 신선한 피를 원해."

자리에 앉자마자 그녀는 딱 하고 손가락을 울리며 소리 높여 선언했습니다. 조금 당혹스러운 표정을 지은 종업원님은 "주문하시겠습니까?"라며 오로넬라 씨의 발언은 그대로 흘려넘기고 제게 물었습니다.

일단 코스 요리를 주문해두었습니다.

"헤이, 셰프. 나는 신선한 피를 원해."

무시당한 일 따위는 신경도 쓰지 않는 그녀는 다시 손가락을 딱하고 울렸습니다.

저는 한숨을 내쉬며 "죄송합니다. 이쪽 분의 요리는 가능한 한익히지 말아 주시겠어요? 그리고 마늘 빼고 부탁드립니다" 하고 부탁했습니다. 종업원님은 조금 의아해했습니다만, "주문받았습니다"라며 다소 무리하다고도 생각되는 주문에도 고개를 끄덕이고, 그대로 가게 안쪽으로 가버렸습니다.

"뭐, 당신이 제일 좋아하는 건 아닐지도 모르지만, 나름대로 맛있을 거예요."

그도 그럴 것이 여기는 별 세 개 레스토랑이니까요.

오로넬라 씨는 제 말에 고개를 끄덕이며 "기대되는걸" 하고 밝은 목소리로 답했습니다.

"무엇을 숨기랴. 나, 실은 어제 이후로 아무것도 안 먹었거든. 어째선지 알아? 일레이나 씨."

"사람의 피를 빨면 문제시되기 때문일까요?"

"이 저녁 식사를 기대하고 있었기 때문이지!"

"아니 사람 피를 빨면 문제시되기 때문이잖아요."

그 사이에 또 창문으로 남의 집에 들어갔다간, "뭐야? 이 흡혈귀 역시 나쁜 사람이잖아"라고 여겨질 게 분명합니다. 아마도 사람의 피를 먹고 싶다는 충동에 시달리면서도 참으며 이곳까지 온 것일 테지요.

그나저나 역시 고급 레스토랑이라고 해야 할까요? 저희가 그렇게 대수롭지 않은 대화를 잠시 나누는 사이에 저희 테이블에 요리가 차례차례 차려졌습니다.

저희는 계속해서 나오는 새로운 맛에 기뻐하며 입맛을 다셨고, 그리고 환담을 시작했습니다.

"있잖아, 나는 흡혈귀 탐정이잖아?"

"그렇죠."

"역시 탐정에게는 파트너가 필요하다고 생각해. 일레이나 씨."

"안타깝게도 저는 여행자라 파트너가 되는 건 무리입니다."

"……고기 더 줄까?"

"뇌물이라면 받을 마음 없습니다."

그보다 그건 거의 생고기가 아닙니까. 더더욱 필요 없습니다.

"일레이나 씨가 파트너가 되어주지 않는다면 나는 이제부터 누구와 짝을 이뤄서 일을 하란 말이야?"

"시험 삼아 인형이라도 손에 끼워 보는 건 어떨까요?"

"적당히 대꾸하는 거 아냐?"

"고기 맛있네요."

"더 줄까?"

"필요 없습니다."

그런 대화를 중간중간 나누며 저희는 순식간에 식사를 마쳤습니다. 식사를 마친 후에 시계를 보고, 저는 레스토랑을 방문하고 시간이 꽤 흘렀다는 사실을 깨달았습니다.

아무래도 저는 즐거운 한때를 보냈나 봅니다.

식후에는 홍차가 테이블에 놓였습니다.

저는 멍하니 가게 안을 바라보며 "맛있었어요⋯⋯" 하고 한숨을 내쉬고, 문득 그녀를 바라보았습니다.

이 나라에서 탐정으로 활약을 시작한 그녀입니다만.

"언제까지 이 나라에 머물 셈인가요?"

저는 고개를 갸웃거렸습니다. 그녀도 떠돌이나 다름없으니, 언제까지나 이 나라에 눌러앉아 있을 셈은 아니리라고 쉽게 상상할 수 있었습니다.

오로넬라 씨는 "응, 그러네" 하고 입술에 손가락을 대며 시선을 이리저리 돌리더니.

"일단 앞으로 한 달 정도는 있으려나."

그렇게 답했습니다.

"아직 동생에 관한 실마리를 전혀 찾지 못했으니까."

라고도.

오호라, 그렇습니까.

"여동생분, 어디에 있을까요?"

"그러게 말이야."

지금으로부터 얼마 전의 일.

대략 1년 정도 전의 일.

흡혈귀 집락에서 지루한 하루하루를 보내던 젊디젊은 여성이 있었습니다.

오로넬라 씨와 함께 둘이서 할아버지의 옛날이야기를 들었던 여동생분은 도시와 인간들이 사는 세계에 큰 동경을 품게 되었고 "이런 시골 나가주겠어!"라는 말을 하며, 흡혈귀 마을을 나가버 렸다고 합니다.

헛된 꿈을 꾸는 여동생에게 언니인 오로넬라 씨는 몹시 차가운 시선을 보냈습니다만, 설마 정말로 고향을 떠날 거라고는 조금도 생각하지 않았다고 합니다.

부모님은 갑자기 가출한 여동생을 몹시 걱정했습니다.

"그 애는 정말 무슨 생각을 하는 건지……." "정말이지……." "허 허허. 젊구먼."

주로 할아버지의 쓸데없는 이야기 탓에 이런 상황이 벌어졌습 니다만, 할아버지는 변함없이 느긋했습니다.

"뭐, 좀 있으면 돌아오겠지."

오로넬라 씨도 그다지 사태를 심각하게 여기지는 않았다고 합니다.

그러나 몇 개월이 흘러도 여동생이 돌아오는 일은 없었습니다.

"아버님! 그 애 돌아오질 않잖아요! 어쩔 거예요! 정말!"

어머니는 크게 화를 냈습니다.

"허허허. 지금쯤 도시에서 어린 여자아이를 이리저리 바꿔대고 있을 테지."

할아버지는 변함없었습니다.

결국 그 후로도 여동생이 돌아올 조짐은 없었고, 가출한 여동생을 찾아오기 위해 오로넬라 씨가 나서게 되었던 것입니다.

그리하여 반년 동안 이런저런 나라를 오가며 여동생분을 찾아다녔지만, 오로넬라 씨는 마늘을 맞을 뿐, 제대로 여동생분을 찾지 못했다고 합니다. 몇몇 나라를 거치며 단서는 찾았지만 발견에는 이르지 못했다고 합니다.

그것참 큰일이로군요.

"정말, 그 아이는 어디로 간 걸까."

"일은 무얼 하고 있다고 하셨죠?"

"으음……. 분명 이 나라에서 탐정 일을 하고 있다는 소문은 들었는데──."

멍하니 턱을 괴면서 오로넬라 씨는 가게 안으로 시선을 돌렸습니다.

그때였습니다.

가게 안의 불빛이 전부 사라졌습니다.

대체 무슨 일인가 하며 가게 안을 둘러보자, 가게 안쪽에서 자그마한 촛불 불빛이 흔들흔들하며 나타났고, 창가 자리 쪽으로 태평한 노래와 함께 운반되어 갔습니다.

"……마녀님, 저건 뭐지?"

어라? 인간 세상의 풍습을 모르시나 보군요.

"축하 케이크로군요."

점원분의 손에 들린 케이크는 창가 자리로 이동되었습니다.

"아마도, 사귀는 커플의 기념일 케이크나 그런 거 아닐까요?"

축하할 일이로군요.

저는 식후의 홍차를 내려놓으며, 가게 안에서 드문드문 울리기 시작한 박수에 호응하듯 손뼉을 쳤습니다. 맞은편 자리에 앉은 오로넬라 씨도 마찬가지로 "축하해" 하고 축복을 담아서 박수를 한 번.

그 직후였습니다.

"꺄아아아아아아아아아아악!"

가게 안쪽──화장실 근처에서, 누군가의 비명이 울렸습니다.

"……무슨 일이지?"

저는 고개를 갸웃거렸습니다.

그리고, 얼마 후 가게 안에 다시 불빛이 밝혀졌을 때, 저는 알았습니다.

"…………."

"…………."

저도 오로넬라 씨도 이 순간 입을 다물었습니다.

쓰러진 여성의 뒤쪽── 화장실 근처에서 가게 안을 살피는 한 여성의 모습이 눈에 들어왔던 것입니다.

옷이 와인투성이가 된 여성은 "아아아아" 하고 입을 벌리고 어쩔 줄을 몰라 하면서 화장실 안으로 사라졌습니다. 정말 한순간밖에 못 봤지만, 그 여성의 모습은 묘했습니다. 겉보기엔 20대 중반 정도. 옅은 갈색 머리카락과 붉은 눈동자가 특징적이었고, 어딘가 모르게 눈앞의 오로넬라 씨와 닮은 듯 보이지 않는 것도 아니었습니다.

그렇다기보다.

"방금 여동생분 아니었나요?"

"여동생이었어."

멍하니 화장실 쪽을 살피고 있으려니, 이윽고 옅은 갈색 머리카락의 여성──이 아니라 오로넬라 씨의 여동생분이 불쑥 나타났습니다.

옅은 갈색 머리카락 위에는 헌팅캡이 씌워져 있었습니다. 몸을 감싸고 있는 것은 쓸데없이 길이가 긴 트렌치코트. 그야말로 탐정 룩을 몸에 걸친 그녀의 양손에는 어째선지 퍼핏이 장착되어 있었습니다.

아무래도 흡혈귀의 특징 중 하나인 빠르게 옷 갈아입기, 아니, 변신을 한 모양입니다.

"어째서 탐정 같은 복장으로 옷을 갈아입은 걸까요?"

"추리라도 할 셈이 아닐까?"

"하지만 범인은 명백하게 동생분이잖아요?"

"그러게."

"그런데 어째서 양손에 퍼핏을 끼운 걸까요?"

"저 애는 좀 독특한 애거든."

아아, 그건 뭐 잠깐 본 것만으로도 바로 알 수 있었습니다.

언뜻 보기에도 분명 그녀가 와인투성이가 되어 쓰러진 여성에게 위해를 가한 범인이라는 것은 명백했습니다. 그리고 동시에 엉터리 추리를 피로하고 도망칠 마음으로 가득하다는 것도 명백했습니다.

그나저나, 아마도 이 자리에서 오로넬라 씨와 마주치면 성가신 일이 되리라는 것은 말할 것까지도 없을 테지요.

어쩔 수 없군요.

그래서 저는 자리에서 일어났습니다.

"오로넬라 씨. 식후 운동이라도 안 하실래요?"

그리고 어리둥절해 하는 그녀에게 말했습니다.

"잠깐 변신해주세요. 퍼핏으로."

"……너 복화술 할 줄 알아?"

"못하니까 평범하게 말씀해주세요."

"아니 내가 말하면 목소리로 들킬 텐데……."

"아, 그럼 가성이라도 쓰면 되지 않을까요?"

"아아……."

그렇게 떨떠름해하면서도 그녀는 결국 퍼핏으로 모습을 바꾸었고, 그리고 "이런 느낌이면 될까(가성)?" 같은 말을 했습니다. 의외로 적극적인 그녀가 그곳에는 있었습니다.

그 후의 일은 이제 말할 필요도 없을 테지요. 저는 사건을 해결하고, 탐정님은 이 가게에서 일하며 빚을 갚기에 이르렀습니다.

그리고 그런 광경을, 저는 오른손에 끼운 퍼핏과 함께 지켜보았습니다.

요컨대 유유상종을 넘어서, 실제 가족 상봉이었습니다.

다섯

여행 도중, 저는 숲의 도시라고 불리는 나라를 방문했습니다.

"⋯⋯⋯⋯."

제 앞에는 하나, 무시무시한 광경이 펼쳐지고 있었습니다.

초라한 차림의 한 여자아이가 떨고 있었습니다.

마을 광장. 많은 사람이 그녀의 모습을 지켜보는 와중에, 그녀는 주저앉아 떨고 있었습니다.

"아⋯⋯."

여자아이의 눈앞에서는 크디큰 짐승이, 으르렁대고 있었습니다.

주로 이 지방에 서식한다고 하는 키노미아니스라고 불리는 종족의 짐승이라고 합니다.

그것은 겉모습뿐이라면 늑대와 비슷한 모습을 하고 있었습니다. 하지만 크기는 명백하게 거대했고, 몸길이는 대략 옆에 서 있는 민가의 지붕만 해 보였습니다.

네 다리로 마을의 지면을 디디고 서서, 코끝을 가져가, 짐승은 여자아이를 내려다보았습니다. 크고 큰 입은 여자아이 따위는 간단히 삼켜버릴 수 있을 만큼 컸고, 날카로운 이빨로 물면 치명상을 피할 수 없을 테지요.

이토록 무시무시한 짐승이, 사람이 사는 마을 한가운데에, 있었습니다.

"키노미아니스는 우리가 하는 말을 잘 이해하지."

인파 속.

제 옆에 있던 노인이 이야기해주었습니다.

"우리에게 고분고분하고, 어떤 명령이라도 따르고, 결코 배신하지 않아. 인간보다 훨씬 신뢰할 수 있는 종족이야."

보니, 저희 앞에 있는 키노미아니스의 목에는 목줄이 채워져 있었습니다. 벽돌이 깔린 지면에 쇠사슬로 고정되어 있었고, 눈으로 확인한 바로는 저희 가까이 접근하기도 어려울 듯했습니다.

송곳니가 닿지 않는 안전권에서 여자아이와 짐승을 지켜보는 이 마을 주민은 모두가 웃고 있었고, 지금부터 벌어질 일을 기대하고 있었습니다.

이것은 이 마을의 얼마 안 되는 오락 중 하나인 모양이었습니다.

근처에 나라다운 나라는 없었고, 있는 것은 숲뿐. 숲 안에는 겨우 마을이 하나 있었습니다만, 연락도 교역도 정상적으로 할 만한 사이도 아니었고, 덤으로 이 나라는 기술력도 부족했습니다.

이 나라에는 사람이 즐길 수 있는 일 같은 건 거의 없었습니다.

그래서 짐승 앞에 주저앉은 여자아이를 둘러싸듯이 마을 사람들은 모여들었고, 그 자리에서 술을 마시고, 담소를 나누고, 혹은 짐승을 부추기듯이 목소리를 높였습니다.

주민들 틈에 섞여 그러한 광경을 방관하던 제게 노인은 물었습니다.

"어떤가? 마녀님."

이러한 행사로 흥이 오르는 이 나라를 어찌 여기는가, 하고 묻고 있는 것일까요?

저는 고개를 저을 뿐이었습니다.

"……정상적이라고는 생각할 수 없습니다."

하지만 제가 어찌 여기든, 관계는 없을 테지요.

마을 사람들의 부추김에 답하듯이 짐승은 포효했고, 그대로 입을 크게 벌렸습니다. 날카로운 이빨이 자라난 커다란 입을.

그리고 눈앞의 여자아이를——.

하나

"어라? 이런 곳에 마을이?"

그날, 제가 우연이 방문한 곳은 작은 마을이었습니다.

숲속에서 빗자루를 타고 날던 중에 나무 냄새와 함께 어떤 고소한 빵 냄새를 제 코가 감지했던지라, "어라 어라? 어디서 나는 냄새일까요?" 하고 빗자루로 어슬렁어슬렁 떠돌아다닌 끝에 도착했던 것이 이 마을이었던 것입니다.

집들은 자연경관 속에 아름답게 녹아들어 있었고, 나무들 사이를 누비듯 만들어진 오두막 하나하나가 마치 무언가로부터 몸을 숨기듯이 조심스럽게 자리하고 있었습니다. 그렇기에 상당히 가까이 접근하지 않으면 눈치채지 못했을 겁니다.

그러나 요리 냄새까지는 미처 다 감추지 못한 모양입니다만.

"……안녕하세요."

어찌 생각해도 큰 마을에서 떨어져 은거하고 있는 분위기로 가득했습니다만, 그러나 여행자로서의 호기심이 저를 빗자루에서 내리게 했고, 그리고 배회하게 했습니다.

기분 나쁠 정도로 조용한 마을이었습니다.

몰래 안을 살펴보아도 보이는 것은 만들던 도중인 요리라든가, 읽고 있던 책이라든가, 혹은 개다 만 빨래라든가. 그런 식으로 도중에 허둥지둥 빠져나간 듯한 흔적뿐.

어라 어라? 이 마을 사람들은 제가 오기 직전에 모두 흔적도 없이 사라져버리기라도 한 것일까요? 혹은 도망쳤다든가?

"…………."

물론 저는 검은 로브에 삼각 모자라는, 자칫 경계 당하기 쉬운 모습을 하고 있었습니다. 하지만 얼굴도 마주하지 않고 도망쳐버릴 만큼은 아니라는 것 정도는 자각하고 있었습니다.

오히려 나이 탓인지 외모 탓인지 만만하게 보는 경향이 있을 정도입니다.

"……그건 정말인가?" "네, 하지만——." "설마 이런 시기에——."

잠시 마을 안을 둘러보던 때, 사람 모습이 보였습니다.

기우였습니다. 아무래도 도망친 것은 아닌가 봅니다.

마을 사람들은 야단스러웠습니다. 한데 모여 원을 만들고, 마치 무언가가 두려워 벌벌 떨 듯이 소곤소곤 말을 나누고 있었습니다.

아무래도 말을 걸 만한 분위기가 아니었습니다. 모두 심각한 표정을 짓고 있었고, 작은 여자아이에 이르러서는 이끼투성이인 바닥에 주저앉아 훌쩍이며 울고 있는 지경이었습니다.

보통 상황이 아닌 듯했습니다.

말을 걸기가 어렵군요…….

이대로 몰래 발길을 돌리고 안녕을 고하는 편이 나을까요?

그렇게 제가 빙글 몸을 돌린 직후였습니다.

"——거기 누구?"

저쪽에서 말을 걸어왔습니다.

빙글 다시 반 바퀴 도는 저. 요컨대 깔끔하게 1회전을 해 보였던 것입니다.

"아, 안녕하세요. 저는 여행자입니다."

수상한 사람이 아닙니다, 하고 강조하듯이 양손을 들고 저는 말했습니다.

제게 말을 걸어온 것은 젊은 여성이었습니다.

나이는 저와 비슷해 보였습니다. 웨이브 진 검은 머리카락과 강인해 보이는 늠름한 생김새의 여성이었습니다.

몸에 걸친 것은, 로브.

마법사였습니다.

"당신, 우리 동포구나."

그녀는 이쪽으로 다가오더니 "무슨 용건?" 하고 물었습니다.

"아, 아뇨…… 특별한 용건이 있어서 온 건 아닙니다만."

여긴 우연히 오게 된 거니까요. 그게, 빵 냄새에 이끌려 왔으니까요.

수상쩍게 여기는 것도 당연하겠지요. 아니 아니, 방해가 된다면 바로 여기서 물러나겠습니다만──.

"그래. 그럼 마침 잘됐네."

그러나 눈앞의 여성은 힘주어 고개를 끄덕였습니다. 한가한 사람이 나타난 것이 잘된 일이라니, 무슨 뜻인지요?

지나치리만큼 고요한 마을에서, 환영까지는 아니라고 해도 그녀는 제가 우연히 이곳을 찾아왔다는 것에 적어도 기뻐해 주는 것 같았습니다.

그녀는 마을 사람들에게 눈짓을 한 다음.

"지금부터 사람을 구하는 걸 도와주지 않을래?"

물론 답례는 할게──라고, 말했습니다.

지금부터인가요?

"상당히 급한 요청이로군요……."

"사람 목숨이 걸린 일이야."

그렇게나 급박한 사태가 이 마을에서 일어났다는 말일 테지요.

"……제가 도움에 될지 어떨지 알 수 없을 텐데요?"

그녀의 뒤를 살펴본 바로는 마찬가지로 로브를 차려입은 분들만 있었습니다. 아무래도 이 마을은 마법사들만 사는 곳인가 봅니다.

마법을 쓸 수 있는 인재라면 충분한 것 같습니다만.

그러나 저의 그 말에도 그녀는 힘주어 고개를 끄덕였습니다.

"지금은 한 사람이라도 실력 있는 마법사가 필요해──."

그리고 얕보는 일 없이, 깔보는 일 없이, 말했습니다.

"가슴께의 브로치를 보면 알아. 당신의 능력은 지금 우리에게 있어 무엇보다 큰 의지가 될 거야."

소란스러운 마을에서는 대체 무슨 일이 일어난 것인가. 제게 말을 걸어주었던 검은 머리카락의 마법사님—— 퀼리라고 자신의 이름을 밝힌 그녀는, 간단히 사정을 설명해주었습니다. 말하길.

"봄이 되면 이 마을 근처에서는 아주 광포한 짐승이 나오거든."

키노미아니스라고 불리는 거대한 늑대 같은 종족이라고 합니다. 날이 따뜻해지는 봄 무렵에 동면에서 깨어나 활동이 활발해지는 키노미아니스는 오랫동안 잠들어 있던 탓에 매우 굶주린 상태라 마주치면 예외 없이 어마어마한 기세로 덮쳐든다고 합니다.

그런 탓에 이 마을에 사는 마법사들은 봄 동안은 집에서 가능한 한 나오지 않도록 유의하며, 사냥에 나설 때도 세심한 주의를 기울여 여럿이서 행동하도록 하고 있다고도 했습니다.

그럼에도.

"……이 아이의 엄마가 지금 숲속에 혼자 있어."

퀼리 씨가 가리킨 곳에는 몸을 웅크리고 어깨를 떨고 있는 여자아이가 있었습니다. 머리카락은 금색. 눈물로 젖은 눈동자도 마찬가지. 겉모습은 다섯 살 정도일까요? 아직 어렸고, 계속해서 "엄마, 엄마……" 하고 중얼거렸습니다.

"위험하다는 걸 알면서 어째서죠?"

제가 느낀 것은 지극히 당연한 의문일 테지요.

퀼리 씨는 눈을 내리뜨며 답했습니다.

"오늘 아침, 마을 어른들끼리 사냥을 나갔어. 저 아이의 엄마——엘렌이라고 하는데, 엘렌도 그중 한 사람이었지."

"사냥은 몇 명이 나갔나요?"

"네 명이야. 하지만 세 사람만 돌아왔어."

"…………."

"돌아온 세 사람에게 들은 이야기로는, 도중에 키노미아니스와 마주쳤고 모두 도망쳤대. 네 사람이 덤벼도 전원이 무사할 수 있을 만한 상대가 아니라는 걸 알았으니까."

말하길, 엘렌 씨는 용감한 여성이라고 했습니다.

동료 세 사람을 구하기 위해 그녀는 스스로 미끼 역을 자처했다고 합니다.

돌아온 세 사람은 곧바로 벌어진 상황을 소상히 보고했습니다. 그러나 미끼가 된 엘렌 씨는, 그 후로 아무리 기다려도 돌아오지 않았습니다.

즉.

그녀는 지금 키노미아니스가 어슬렁거리는 숲속에 혼자 남겨지고 만 것입니다.

"엘렌 씨가, 우리한테 도망치라고…….""미안해…… 우리가 좀 더 제대로 했더라면…….""저, 저기……! 우리도 수색을 돕게 해줘!"

아마도 돌아온 세 사람일 테지요.

젊은 남자 3인조였습니다. 그들은 마을 사람들에게 필사적으로 호소했습니다. 만난 적은 없습니다만, 엘렌 씨라는 여성은 마을 안에서 상당히 인망이 두터운 분이었을 테지요.

"됐어. 너희는 지쳤잖아. 엘렌은 지금 움직일 수 있는 사람 전원이 나서서 찾을 거야. 너희는 아이들을 지켜줘."

마을 어른 한 사람이 젊은 3인조를 달래며 그렇게 말을 걸고 있었습니다.

엘렌 씨가 아직 마을로 돌아오지 않았다는 것은, 몸을 움직일 수 없는 상황에 처해 있거나, 혹은 이미 희생되고 말았거나.

그것은 아직 알 수 없습니다.

그러나.

"그러니까, 지금 당장이라도 찾아 나서지 않으면 틀림없이 늦고 만다, 라는 거군요."

"맞아──."

그리고 여럿으로 나뉘어 넓은 숲속에서 여성 한 명을 찾기 위해서는 한 사람이라도 많은 동료가 필요하다고 판단했을 테지요.

"당신도 도와준다면 감사하겠는데. 최악의 사태에 대비해, 마법을 쓸 수 있는 동료는 한 사람이라도 많은 편이 좋아."

최악의 사태.

키노미아니스와 전투를 벌일 가능성이 있다는 것쯤은 저도 알 수 있었습니다.

"…………."

저는 눈앞의 퀼리 씨에게서 시선을 돌려 마을을 바라보았습니다.

어른들에게 매달리는 이 마을의 젊은 남녀의 모습이 보였습니다.

머리를 끌어안는 어른들의 모습이 있었습니다.

땅바닥에 주저앉아 흐느껴 우는 여자아이의 모습이 있었습니다.

그래서 저는.

"저, 키노미아니스라는 생물을 본 적이 없어서요."

미소를 만들며, 말했습니다.

"어떤 생물인지 보고 싶은 마음은 있어요."

둘

그나저나, 퀄리 씨라는 여성은 이 마을에서 가장 능력 있는 여성인가 봅니다.

"키노미아니스를 발견하면 빨간 섬광, 엘렌을 찾으면 파란 섬광을 쏘아줘. 동료들에게도 그렇게 전해둘게."

마을 내에서 틀림없이 가장 능력이 뛰어난 자, 그리고 능력이 있는지 어떤지는 알 수 없지만 그 자격을 달고 있는 제가 둘이서 짝을 이루는 것은 필연이라고도 말할 수 있었습니다.

사람을 찾는 데 있어, 수색 인원은 많으면 많을수록 좋습니다. 그러고 위험을 피하는 데 있어, 함께 행동하는 인원은 많으면 많을수록 좋습니다.

마을 안에서 수색대 편성은 저희 두 사람을 제외하고 진행되었습니다. 결과적으로 최소 다섯 명이 한 조가 되어 사방팔방으로 흩어져 숲속을 탐색하기로 정해졌습니다.

저희가 담당하는 곳은 마을 북쪽.

낮임에도 조금 어두컴컴했고, 주변 일대는 이끼로 뒤덮여 한기가 들 정도였습니다.

"기분 나쁜 숲이로군요."

"맞아. 웬만큼 특이한 사람이 아닌 한은 여기 들어오지 않지."

"…………."

"여기엔 어째서 온 거야?"

"안 되는 거였나요?"

제가 묻자 그녀는 천천히 고개를 저었습니다.

"아니, 큰 도움이 되고 있어."

하지만 하고 그녀는 말을 이었습니다.

"이런 곳에 사람이 살고 있을 거라고는, 생각하지 않잖아?"

"뭐, 분명…… 그러네요."

되는 대로 내키는 대로 어슬렁어슬렁 이 나라에서 저 나라로 떠돌고 있으니, 뭐 이곳에 다다른 이유는 정말로 그냥 변덕이었습니다.

"마을 사람들은 무언가로부터 숨어 있는 건가요?"

확증이 있는 것은 아니지만, 그러한 인상을 받았습니다.

놀랄 만큼 조용하고 숲의 나무들 속에 섞여들 듯 지어진 소박한 오두막들. 주민은 조용하게 말을 나누었고, 기분 나쁜 숲속에서 숨을 죽이고 있다.

무언가를 두려워하듯이.

"키노미아니스에게서 도망치기 위해선가요?"

"아니―― 키노미아니스에게서 도망치기 위한 거라면 더욱 마을을 번영시켰겠지. 울타리도 없고 문도 없잖아. 이런 곳에서는 키노미아니스가 습격해 오면 전멸은 면할 수 없을걸."

"……그런데도 울타리도 문도 만들지 않는 거군요."

"키노미아니스는 분명 마을에 있어 위협이지만, 우리가 정말로 두려워하는 건 전혀 다른 거야."

"뭔가요?"

그리고서 잠시 걸음을 옮긴 후, 그녀는 멈춰 섰습니다.

숲속.

그곳은 마치 조금 전 저희가 있던 마을처럼 나무들에 기대듯이 집들이 서 있었습니다. 보기에 전부 낡았고, 이미 이끼에 뒤덮여 있는 것이 아마도 먼 옛날에 버려진 이후로 사람이 접근한 적도 없는 것일 테지요.

그녀는 이끼를 만지며.

"인간이야."

그렇게 말했습니다.

"우리는 인간을 두려워하고 있어."

이야기하길, 이 마을 사람들은 원래 전쟁으로 살 곳을 잃은 유민이었다고 합니다. 고향이 없는 그들은 새롭게 안주할 땅을 찾아서 나라에서 나라로 이동했습니다.

하지만 그들을 기다리고 있던 것은 비통한 현실이었습니다.

오래전 이웃 나라들에서는 마법사를 박해했습니다.

특별한 힘을 갖고 있기 때문에 그 힘을 두려워했던 것입니다. 그들을 짐승이라 부르며 업신여기는 자도 있었습니다. 어떤 나라를 가도, 마법사들을 보는 시선은 차갑기만 했다고 합니다.

아주 드물게 그들을 친절하게 맞아준 나라도 있었습니다. 그러나 그 나라들도 마지막에는 결국 제 나라의 혁신을 위해, 의학의 진보를 위해, 그리고 전쟁을 위해 그들의 힘을 이용하려 했다고 합니다.

마법사들은 지치고 말았습니다.

그것은 먼 옛날의 이야기였습니다.

"그리고 마지막에 다다른 곳이 이 마을이었다── 라는 말이 전해지고 있어."

퀼리 씨는 말했습니다.

"우리 선조는 타인을 신뢰하지 않기로 했어. 그래서 이 숲속에서 살기로 했던 거야."

다행인지 불행인지, 이 숲은 무시무시한 모습을 한 **짐승**이 오가는 곳이었고, 무엇보다 전망이 나빠서 그저 걷는 것만으로도 미아가 되어버릴 정도입니다.

웬만한 괴짜가 아닌 한은 들어오지 않을 숲속이라면, 평온을 얻을 수 있으리라고 생각했을 테지요.

"그래도 가끔 사람이 들어오는 일이 있어. 숲에 발을 들이고, 우리와 말을 나누려 하는 인간이 있어. 우리는 그때마다 주거지를 바꿔왔지."

"…………."

폐허가 된 마을을 바라보았습니다.

분명 이곳도 이전에 사람이 우연히 찾아온 탓에 버려진 마을일 테지요.

"……아깝네요."

모처럼 만든 마을인데.

"맞아. 하지만 할 수 없지. 사람에게 이용당하지 않기 위해서는 관계를 끊을 필요가 있으니까."

"그게 나쁜 사람일지도 모르기 때문, 인가요?"

"그래."

"……하지만 마을을 찾아온 인간 모두가 나쁜 사람은 아닐 거라고 생각하는데요."

"그렇겠지."

실제로 저도── 뭐 나쁜 인간인지 어떤지는 제쳐두고, 그들을 이용하기 위해 이곳까지 찾아온 것은 아닙니다. 아니, 이런 곳까지 마법사를 의지해 찾아오는 인간은 애초에 적지 않을까요?

"그래도 사람과 만나지 않는 거군요."

이용당했다는 것도 수십 년 전의 이야기입니다.

이미 숲속에 틀어박혀 사는 생활을 할 필요도 없으리라 느껴집니다만.

그러나 그녀는 고개를 저었습니다.

"우리가 평온하게 살기 위해서는, 분명 이 방법밖에 없을 테니까."

그래서 매일 무언가를 두려워하듯이 조용히 살면서.

"우리는 동포를 진짜 가족처럼 사랑해. 그런데──."

숲에 홀로 남겨진 동료가 있으면 마을 사람이 총동원되어 찾는다고 합니다.

그렇게 퀼리 씨가 어두컴컴한 숲의 하늘을 올려다보았을 때.

그녀는 한숨을 내쉬었습니다.

시선을 따라가 보니 붉은 섬광이 솟아오르고 있었습니다.

"어째서 언제나 잘 풀리지 않는 걸까."

푸른 섬광과 함께.

셋

저와 퀼리 씨가 빛이 솟아오른 곳을 향해 빗자루를 달렸을 때는 이미 많은 마법사들이 모여 있었습니다.

그들의 손에는 전부 지팡이가 들려 있었고, 그들의 눈에는 원망과 한탄이 담겨 있었습니다.

"저 녀석이야……! 저 녀석이 엘렌을 죽였어……!"

이미 마법사들에게 사방을 포위당한 키노미아니스는 으르렁거리며 그들을 노려보았습니다. 이빨을 드러내며 위협했습니다.

그 옆에는, 지팡이와 여성용 구두가 굴러다니고 있었습니다.

"……엘렌."

그것이 누구의 것인지를 퀼리 씨는 잘 알고 있는 듯했습니다.

제 옆에서, 그녀는, 주저앉고 말았습니다.

동포를 살해당한 원망을 쏟아내는 것처럼 마법사들은 마법을 퍼부었습니다. 저희가 도착하기도 전에 그들은 행동을 시작했을 테지요.

이미 키노미아니스의 몸은 피범벅이었고, 커다란 입에도 몸통에도 무기가 꽂히고 꿰뚫려 있었습니다.

그럼에도 울부짖지도 않고 저희에게 덤벼들지도 않고, 그저 입을 굳게 다물고 으르렁거릴 뿐.

"용서 못 해⋯⋯! 죽여라! 모두 마력을 모조리 쏟아부어!"

마법사는 외쳤고, 직후에 빛이 키노미아니스에게 집중되었습니다. 그것은 불꽃이기도 했고, 번개이기도 했고, 무기 종류이기도 했습니다. 살의 가득한 공격만이 키노미아니스에게 집중되었습니다.

그런 중에도 저는 지팡이를 꺼내 들지 않았습니다.

"⋯⋯⋯⋯⋯."

제가 일부러 가세할 필요도 느껴지지 않을 만큼 키노미아니스는 만신창이였고, 공격에 나설 틈조차 좀처럼 없을 만큼, 지나칠 정도의 마법 공격을 받고 있었기 때문입니다.

"⋯⋯그래, 나도 공격해야만——."

그래서 비틀비틀 일어선 퀼리 씨를 바라보고.

저는 그녀를 제지했습니다.

"⋯⋯기다려주세요."

결코 키노미아니스를 불쌍히 여겼던 것은 아닙니다.

그저 퀼리 씨가 일어설 이유가, 없었던 것입니다.

"이미, 죽었습니다."

쓰러지는 일도 없이, 결국 단 한 번도 이쪽에 맞서 반격에 나서는 일도 없이, 깨닫고 보니 키노미아니스는 목숨을 잃은 상태였습니다.

뜬 채인 눈은 감기는 일 없이 빛을 잃어갔습니다.

힘없이 벌어진 피투성이인 입에서는.

한 여성의 시신이, 토해졌습니다.

여섯

"꺄아아아아아아아아아아아악!"

숲속 나라. 그 중심부에서 초라한 차림의 여자아이는 비명을 질렀고, 키노미아니스에게 꿀꺽 머리부터 삼켜지고 말았습니다.

주변 주민들 사이에서는 환성만이 일었습니다. 여자아이가 잡아먹힌 그 순간을, 그들은 고대하고 있었던 것입니다. 그래서 주민은 하나같이 웃고 있었습니다.

그것이 이 나라의 유일하다고 할 수 있는 오락이었기 때문입니다.

"……정상이라고는 생각할 수 없네요."

저는 다시 중얼거렸습니다.

옆의 노인은 "그런 말 말게"라며 웃더니.

"지금부터가 진짜 볼 만하다고. 보게나."

그렇게 말하며 손가락으로 가리켰습니다. 그 끝에서 입을 우물거리던 키노미아니스는 직후에 퉤 하고 여자아이를 토해냈습니다.

"꺄아아아아아아아아악!"

나라 사람들의 환성을 받으며 천천히 허공을 가른 초라한 차림의 여자아이는, 그대로 광장 저편에 있는 분수 속으로 떨어졌습니다.

분수가 물보라를 일으키자 미소 띤 여자아이가 고개를 내밀었습니다.

"한 번 더! 한 번 더 해줘!"

여자아이는 분수에서 몸을 일으키더니 홀딱 젖은 채 키노미아니스에게로 달려가, 끌어안았습니다.

그녀에게 이끌리듯 인파 속에서 다른 아이들이, **더러워져도 문제없는 초라한 옷**을 입은 아이들이 뛰쳐나와 키노미아니스 곁으로 모여들었습니다.

"안 돼! 다음은 내 차례야!" "나야!" "잠깐! 나 아직 한 번도 날아가지 못했거든!"

어른들은 그 광경을 흐뭇한 얼굴로 바라보며 웃었습니다.

이것이 오락거리가 적은 이 나라의 유일하다고 할 수 있는 놀이라고 합니다.

"키노미아니스는 아주 똑똑하고 아이를 좋아하는 생물이거든. 새끼를 기를 때는 입안에 아이를 넣고 지키는 습성이 있다더군."

제 옆의 노인이 가르쳐주었습니다.

"우리나라에서도 키노미아니스의 생태가 해명된 것은 아주 최근의 일이야. 그때까지는 무시무시한 겉모습 탓에 두려워하고, 나라에 접근하지 못하도록 독을 숲에 뿌리며 피해왔는데, 조사하는 동안 키노미아니스의 지능이 높다는 사실과 성격도 순하다는 게 밝혀졌지."

"사람을 실수로 죽이거나 하지는 않나요?"

"우리가 아는 한은 한 번도 없었어."

노인은 답했습니다.

"우리나라 부상병이 숲속에서 키노미아니스와 마주쳤고, 두려워하며 검으로 찔렀을 때도 키노미아니스는 반격은커녕 입안에 병사를 머금고 우리나라 영토까지 데려다줬을 정도야. 어깨에 검이 찔린 상태에서 말이지."

"…………."

"그게 좋은 이웃이라는 걸 우리가 눈치챈 건 그 무렵이었지."

그래서 조사했고, 그리고 지능과 그 성격을 소상히 알 수 있었을 테지요.

키노미아니스를 도태시키려 했던 이 나라는 그때까지 숲속에 뿌렸던 독을 없애고, 그리고 적극적으로 키노미아니스를 나라의 영토로 불러들이게 되었다고 합니다.

"그래서, 이 나라는 어떻게 되었나요?"

제가 묻자.

"보는 대로야. 우리는 키노미아니스와 함께 살아가는 길을 택했지."

그리고 노인은 아이들의 미소를 눈부신 듯 바라보며 말했습니다.

"박해가 일어나는 건, 언제나 상대를 잘 알지 못하기 때문이지."

넷

엘렌 씨의 시신은 천으로 감싸여 마을까지 운반되었습니다.

그녀는 마을 전원에게 있어 가족이나 마찬가지였을 테지요. 모두가 눈물을 흘렸고, 모두가 그 죽음을 슬퍼했습니다.

퀼리 씨도 예외는 아니었습니다.

"좀 더 빨리 찾으러 나섰다면…… 엘렌은……."

고개를 떨구고, 어깨를 떨며, 피투성이가 된 천을 내려다보았습니다.

"엄마…… 엄마……! 어째서……."

여자아이가 시신에 매달렸습니다.

제가 왔던 때보다도, 마을은 정적에 휩싸여 있는 듯 느껴졌습니다.

여자아이는 눈물로 번진 눈동자를 마을 사람들에게로 돌렸습니다.

"엄마는 어째서 죽은 거야……?"

누구도 대답하고 싶지 않은 물음이었습니다.

마을 사람들이 얼굴을 마주 보았습니다.

누가 대답하면 좋을까요? 무어라 이야기하면 좋을까요? 오랫동안 이어진 침묵 속, 이윽고 퀼리 씨가 그녀에게 다가가 부드러운 금발을 쓰다듬어 주었습니다.

그리고.

"미안하구나── 우리가 좀 더 일찍 도착했더라면, 어머니는 희생되지 않았을지도 모르는데."

그러니 원망하려거든 우리를 원망하렴.

그리 말하고서, 그녀는 여자아이에게 말했습니다.

너의 어머니는.

"짐승에게 희생되고 말았단다."

마녀의 여행
THE JOURNEY OF ELAINA 11

『어서 오세요. 손님. 주문은 정하셨나요?』

화원의 테오메이아.

제가 그 나라에 있는 찻집 테라스석에서 메뉴판을 살피고 있을 때, 점원분이 제 곁으로 다가와 물었습니다.

제가 그녀를 올려다보며 "일단 커피 한 잔"이라고 지극히 무난한 주문을 하자, 정중하게 고개를 숙여 보이고서 점원분은 제 곁을 떠났습니다. 그런가 했습니다만, 직후에 쟁반을 든 다른 점원분이 나타났습니다. 주문을 받는 동시에 끓인 것이 아닐까 싶을 만큼, 다소 이상하게 느껴질 정도로 빨랐습니다.

점원분은 달그락하고 테이블에 커피와 그리고 신문을 내려놓았습니다.

……신문?

"부탁드리지 않았습니다만?"

뭔가 착오가 있는 건가요? 하는 뜻을 담아서 저는 신문을 그대로 점원분에게 건넸습니다.

그러나 점원분은 신문을 내려다보며 『이쪽은 저희 가게의 서비스입니다』하고 고개를 숙였습니다.

오호라. 서비스인가요.

"좋은 서비스로군요."

『영광입니다.』

그리고 점원분은 물러났습니다.

아직 이른 아침이라고는 하나, 점내에는 나름대로 사람들의 모습이 보였습니다. 일을 시작하기 전에 시간을 보내는 정도로 휴식을 취하는 남성. 그리고 정말로 그저 시간이 남아돌 뿐인 노인. 그리고 여행 중에 우연히 이 나라를 찾아온 마녀──저입니다.

"…………."

할 일도 없었던지라, 심심했던 저는 건네받은 신문을 그대로 펼쳤습니다.

아무래도 상당히 전부터 이 나라를 소란스럽게 만든 사건이 있는 모양입니다. 1면을 장식한 것은 너무나도 좋지 않은 뉴스였습니다.

『폐기물 처리장에 신형 마법 포대(砲臺)를 복수 배치』

신형 마법 포대는 인간이 접근하면 곧바로 공격하도록 설정되어 있으며, 요컨대 실수로 처리장에 접근했다 해도 인간의 목숨이 위협받을 위험이 있다고 합니다.

사람을 죽일 수도 있는 마법 포대에 거부 반응을 보이는 자는 국내에도 여럿 있으며, 비판의 목소리가 많이 나오고 있다고 합니다. 그에 대해 이 나라의 정부는 "처리장에서 폐품을 도난당하지 않기 위한 최소한의 조치이다"라고 하고 있으며, 철회할 계획은 없다고 합니다. 이미 신형 마법 포대는 처리장에 준비되어 있으며, 즉 이 신문을 읽은 지금 당장에라도 마법 인형 처리장으로 향하면 분명 모두 사살──될지도 모른다, 라는 말이었습니다.

이 나라의 정부가 무리한 방법을 취한 데에는 하나의 이유가 있습니다.

친절하게도 이번 건에 이르기까지의 경위도 신문에 기재되어 있었습니다.

지금으로부터 한 달 정도 전.

폐기물 처리장을 지키고 있던 하나의 마법 인형이 고장 나 폭주했으며, 사람에게 위해를 가한 사건이 있었던 것입니다. 이 화원의 테오메이아에서 마법 인형이란 사람의 모습을 하고 있으면서 사람이 아닌, 사람의 목숨을 지키기 위해 만들어진 것을 가리킵니다. 마법으로 움직이고, 사람의 명령에 따르며, 그리고 낡아빠질 때까지 계속해서 일하는 것이 마법 인형에게 주어진 책무입니다.

그러나 폐기물 처리장의 마법 인형은 명령을 등졌습니다.

그러니 파괴될 운명을 나아간 것입니다.

흔적도 남지 않을 만큼, 산산이.

"…………."

신문에는 현장 사진도 작게나마 실려 있었습니다.

"……할베리 씨."

저는 잔해 사진을 손끝으로 더듬으며, 함께 있던 그녀의 마지막 모습을 바라보았습니다.

오랜 세월, 폐기물 처리장만을 지켜온 그녀의 마지막을.

○

지금으로부터 한 달 전의 어느 날.

하늘을 뒤덮을 만큼 활엽수가 무성한, 햇볕이 잎에 가로막히고 흔들리는 숲속, 저는 나무 사이에 몸을 감추고 쌍안경 너머의 풍경을 엿보았습니다.

그곳은 밝았습니다.

지면을 뒤덮을 정도로 많은 잡동사니와 자라난 꽃이 있었습니다. 모조 팔과 다리, 몸통과 머리와 총과 검과 방패. 그리고 접시와 축음기와 책과 의자 같은 일용잡화에 이르기까지, 사람이 만들어내고 역할을 마친 물건들의 무덤이 그곳에는 있었고, 동시에 많은 꽃들이 그 사이를 메우며 바람에 흔들리고 있었습니다.

"……있다."

저는 쌍안경을 살짝 내리며 소리 내 말했습니다.

제가 이 폐기물 처리장을 찾아온 데에는 한 가지 목적이 있었습니다.

그것은 근처 나라의 숙소에서 우연히 발견한 벽보였습니다.

『우리나라의 폐기물 처리장에 망가진 마법 인형이 있습니다. 이 마법 인형은 30년 전, 폐기물 처리장을 도둑에게서 지키기 위해 준비된 것입니다만, 시간이 흐르면서 성능이 떨어지고 파손되어 폐기가 정해졌습니다.』

그러나 폐기를 위해 나라에서 신형 마법 인형과 관리가 찾아간 결과, 폐기를 거부하며 구형 마법 인형은 발칙하게도 인간에게 총구를 들이댔다고 합니다.

그런 연유로 여행자와 마법사에게 예의 마법 인형 파괴에 협력

해주길 바란다, 라고 적혀 있었습니다.

벽보의 마지막에는 나라의 서명과 폐기물 처리장으로 가는 지도가 있었습니다.

의뢰를 낸 나라는 화원의 테오메이아. 당시는 아직 방문해본 적 없는 나라였습니다. 지도를 보는 한은 제가 묵고 있던 나라에서 그리 멀지 않은 곳에 있는 듯했습니다.

그리고 무엇보다 제 시선을 끈 것은, 의뢰 달성에 따른 보수였습니다.

"금화 백 닢……!"

큰돈입니다. 놀랐습니다. 헉하고 소리까지 냈습니다. 정말입니까? 정말로 그렇게 큰돈을 받을 수 있는 겁니까? 수상하군요. 뭔가 꿍꿍이가 있는 게 아닐까요?

"…………."

그런 생각을 하며 다음 날에는 당연하게 폐기물 처리장에 도착한 것이 저라는 사람입니다.

결국 짭짤한 돈벌이 이야기에 낚여서 와버렸습니다…….

꽃과 잡동사니투성이인 폐기물 처리장에는 분명 마법 인형으로 보이는 것이 하나, 있었습니다.

그 양손에는 기관총이 둘. 몸은 놀랄 만큼 가늘었고, 그러나 남성인지 여성인지 알 수 없는 신기한 체형을 하고 있었습니다. 색은 희고, 인간다움은 느껴지지 않았습니다.

애초에 옷을 전혀 걸치지 않았고 목 위로는 아무것도 없었습니다.

그러나 잡동사니 속에서 이쪽에 등을 보이고 있는, 이상한 인형이었습니다.

"……아마도 저게 마법 인형, 이겠죠?"

아쉽지만 사전에 입수한 정보에는 특징이 그리 자세히 적혀 있지 않았습니다. 애초에 폐기물 처리장에 있는 마법 인형을 부숴주길 바란다고 쓰여 있을 뿐인 의뢰였습니다.

뭐, 하지만 이런 쓰레기장 안에 서 있는 자가 있다면 그건 틀림없이 의뢰에 있던 망가진 마법 인형이리라고 생각합니다만——.

"어라?"

의아해하며 눈을 깜빡인 저는, 그곳에서 일단 얼빠진 소리를 냈습니다.

등을 돌리고 있었을 터인 마법 인형이 이쪽을 향하고 있었던 것입니다. 다리를 움직이는 일 없이, 빙글하고 허리부터 위만 이쪽으로.

"……어라?"

어떻게 된 건가요?

그리 생각했을 때는 이미 공격이 시작되었습니다.

갑자기 이쪽으로 겨누어진 기관총에서 발사된 총탄은 땅을 기듯이 꽃과 잡동사니를 산산조각내며 닥쳐들었습니다.

아아, 이건 망가졌네요. 확실하게 틀림없이 망가졌네요. 저 아직 아무것도 안 했는데.

아마도 화원의 테오메이아가 의뢰를 낸 망가진 마법 인형이 틀림없을 테지요—— 저는 나무들 사이에서 불쑥 뛰쳐나가며 지팡이를 손에 들고, 마력을 내보냈습니다. 지팡이에서 만들어진 것은 즉석 방패.

마력을 단단하게 만들었을 뿐인 장벽이 총탄을 전부 튕겨내며 저를 지켰습니다. 제게서 빗겨나간 총탄이 등 뒤의 나무들에 맞고 부러졌습니다.

요란한 소리에 놀란 숲이 술렁였고 새가 도망치듯이 날아올랐습니다.

그래도 총탄이 멈추는 일은 없었습니다.

『............』

말도 없이, 애초에 몸은 이쪽을 향해 있지조차 않은 마법 인형은 아무래도 줄곧 엿보고 있던 저를 적으로 간주한 모양이었습니다.

제가 달리며 총탄에서 벗어나려 해도 상반신만 솜씨 좋게 이쪽으로 돌리며 계속 쫓아왔습니다. 잡동사니와 꽃을 짓밟으며 저는 달렸습니다만, 그래도 개의치 않고 총을 쏘았습니다.

쉴 틈 없이 공격받은 탓에 반격에 나설 여유가 없었습니다. 예를 들면 제가 잡동사니로 만들어진 산에 숨어서 그사이에 즉석 방패를 해제하고 지팡이를 휘두르려 해도, 잡동사니에서 몸을 내민 순간에 다시 총탄이 쏟아졌던 것입니다. 목 위가 없는 데다 상반신이 빙글빙글 돌고 있는 탓에 어디에 숨든 몇 번을 숨든, 제가 그곳에서 나온 순간에는 기관총이 불을 뿜었습니다.

틈이 없군요.

그렇다면.

"조금 무모한 짓을 하는 편이 좋을 것 같네요──."

잡동사니 뒤에 숨어서 눈에 보이는 범위 내에 굴러다니는 물건을 모조리 마법으로 띄우고, 저는 그대로 총탄이 날아드는 방향으로 적당히 던졌습니다.

잠시 총탄과 잡동사니가 공중에서 교차했습니다. 때때로 총탄에 꿰뚫려 산산이 부서지거나 하기도 했습니다만, 그래도 개의치 않고 저는 계속해서 잡동사니를 숨어서 날렸습니다.

상대가 어디에 있는지를 명확하게 알 도리는 없었습니다. 그래도 반응이 올 때까지, 쓸데없는 저항에 가까운 반격을 계속했습니다.

그리고. 드디어.

"……흐트러졌군요."

철컥, 하고 둔탁한 소리가 울린 직후에 총격은 한순간 멈추었습니다.

호기였습니다.

저는 그대로 기세에 내맡긴 채 잡동사니 뒤에서 뛰쳐나와 지팡이를 들이댔습니다.

강한 마법을 날릴 시간은 그다지 없었습니다. 폐기물들 위에서 비틀거리고 있는 마법 인형을 눈으로 포착한 직후, 지팡이를 내밀고, 마력을 날렸습니다.

화살처럼 곧장 뻗어 나가며 돌진한 마력 덩어리는 그대로 마법 인형의 심장 부분을 꿰뚫고, 사라졌습니다.

사람이라면 이것만으로 충분하고도 남을 정도의 치명상을 입을 테지만, 마법 인형에게는 효과가 별로 없었던 모양입니다. 상반신이 기우뚱하고 비틀거리는가 싶더니 또다시 제게 총구를 들이댔습니다.

하지만 이제 두 번 다시 충격을 받을 마음은 없습니다.

"에잇."

저는 다가가 지팡이를 휘둘러 내렸습니다. 얼음덩어리가 마법 인형 바로 위에서 떨어져, 그 몸을 폭삭 뭉갰습니다.

"이야앗."

저는 다가가 지팡이를 옆으로 휘둘렀습니다. 잡동사니 덩어리가 얼음과 제대로 충돌해 산산조각이 났습니다.

"으랏차."

그리고 저는 엉망이 된 마법 인형을 지팡이로 찰싹 때렸습니다. 직후에 사방팔방에서 뻗어온 덩굴이 그 몸을 쳐 쓰러뜨렸습니다.

"…………"

이제 제 눈앞에 남아 있는 것은 마법 인형이었던 무언가. 잔해였습니다.

이쯤 해두면 괜찮을 테지요.

"다음은 이걸 화원의 테오메이아에 가지고 가면 보수는 제것──."

우후후 하고 저는 아주 몹시 비열한 미소를 지으며 지팡이를 다시 휘둘러 덩굴을 감았습니다.

정직하게 자백하자면, 저는 이때 이미 완전히 마법 인형을 쓰러뜨렸다고 믿었습니다. 요컨대 있는 그대로 말하자면 방심하고 있었던 겁니다.

그래서 최후의 일격을 날리지도 않았고, 완전히 숨통을 끊었는지를 확인하지도 않았습니다.

결과적으로 그런 오만으로 가득했던 저는, 여기서 한 번, 매우 평범하게 반격을 당하는 꼴이 되었습니다.

『…………!』

아무래도 저와 대치하고 있는 이 마법 인형이라는 존재는 사람에 가까운 외모를 하고 있으면서도 철저하게 사람과 먼 곳에 있는 존재인 듯, 거의 다 부서져서도 여전히 겨우 가동되는 다리와 팔을 억지로 움직여 일어서더니, 그대로 제 어깨를 잡고 단검을 내질렀던 것입니다.

순식간에 벌어진 일이었습니다.

지팡이를 들 여유조차 없을 만큼.

"──앗."

이런.

하고 생각했을 때는 이미 단검은 제 목덜미까지 닥쳐들고 있었습니다.

아아, 후회되네. 이렇게 될 줄 알았다면 눈앞의 돈벌이에 낚이지 말고 평범하게 빗자루로 날며 여행했으면 좋았을 텐데. 그런 후회와 함께, 그리고 저는 여행의 끝을──.

각오했습니다만.

그러나 아무래도 끝은 아직 멀었나 봅니다.

"──으랏차."

다소 긴장감이 부족한 평탄한 목소리가, 제 등 너머에서. 꽃처럼 좋은 향기가 부드럽게 제 코를 간질였고, 직후에 총검이 눈앞

©Azure

의 마법 인형의 몸을 꿰뚫고, 몇 번이고 몇 번이고 꿰뚫려 이번에 야말로 산산조각이 났습니다.

하지만 마법 인형의 공격을 피하려던 기세까지는 사라지지 않았고, 저는 그대로 그 자리에 엉덩방아를 찧었습니다. 혹은 죽음의 위기를 마주하고 주저앉고 말았는지도 모릅니다.

"............."

혹은 눈앞에서 저를 구해준 사람을 올려다보며, 넋을 잃고 말았을 뿐인지도 모릅니다.

그 사람은 아주 아름다운 여성의 모습을 하고 있었습니다.

머리카락은 보랏빛. 쇼트보브로 단정하게 잘랐습니다. 눈동자는 초록. 빛이 없는 눈동자였습니다. 외모로 보이는 나이는 저와 비슷하거나 조금 위 정도로 보였습니다. 입고 있는 것은 답답해 보이는 제복──이었던 것 같습니다만, 보기에도 끔찍할 만큼 너덜너덜하고 지저분하고 찢어져 있었습니다. 팔 아래가 통째로 찢어져 있거나, 배 부근이 그대로 드러나 있거나. 치마에 이르러서는 약간 위태로운 길이가 되어 있는 지경이었습니다.

이상한 옷을 입은 그녀는, 그 몸도 또한 이질적이었습니다.

왼팔은 어깨부터 그 아래가 통째로 사라지고 없었습니다. 다리는 군데군데 구멍이 났고, 피부에는 금이 가 있었습니다. 얼굴은 일부가 후두둑 지금도 떨어져 내려 잡동사니 위로 굴러갔습니다.

"............."

여기에 이르러 저는 터무니없는 착각을 하고 있었다는 사실을 뼈저리게 깨달았습니다.

잘 생각해보면 묘한 일이었습니다. 이야기에 따르면 이 폐기물 처리장의 마법 인형은 30년간 이곳을 지키고 있었을 터입니다. 그런 것치고 제가 방금 싸웠던 마법 인형—— 같은 것은, 한눈에 봐도 새것이었던 것입니다.

30년간이나 쓰레기장 안에서 살아왔다면, 세월이 흘러 낡고 망가지고 말았다고 한다면, 적어도 멀쩡한 겉모습을 유지하고 있지는 않을 겁니다.

바로 지금 눈앞에 있는 그녀처럼, 너덜너덜한 모습이 되어 있지 않다면 이상하지 않을까요?

"어라?"

눈앞의 그녀는 그제야 겨우 저를 향해 서더니 손을 내밀어 왔습니다.

너덜너덜하고 군데군데 부서진, 미덥지 못한 손이었습니다. 당기면 그대로 뽑히고 마는 것이 아닐까 싶을 만큼 애처로운 손입니다.

그녀는 그 너머에서 어색하게 미소 지으며 말했습니다.

"다친 데는 없으십니까? 아가씨."

그녀는 자신을 할베리라고 소개했습니다.

그리고, 이 폐기물 처리장을 지키는 마법 인형이라고도.

○

화원의 테오메이아에서 그리 멀지 않은 이 폐기물 처리장.

잡동사니와 꽃으로 뒤덮인 지면을 짓밟으며 가장 안쪽까지 나아가자, 자그마한 오두막이 보였습니다. 그곳은 폐기물 처리장을 지키는 할베리 씨가 사는 오두막으로, 그녀의 활동 거점이 되어 있었습니다.

"후후후. 인간 씨. 당신은 제 인질이 되어주셔야겠습니다."

대담한 미소를 짓는 것은 마법 인형인 할베리 씨.

"이런 시기에 이런 곳에 오다니…… 당신, 혹시 제 목숨을 노리고 온 겁니까? 후후후. 하지만 잡히고 말았군요."

역시 그녀도 자신이 놓인 현 상황을 이해하고 있는 것일 테지요. 그녀는 "다친 데는 없으십니까?"라며 멋진 느낌으로 등장하고서, 그대로 "아, 좀 움직이지 말아 주세요" 하고 저를 밧줄로 꽁꽁 묶어 저항할 수 없게 만들고 이 방까지 연행해 왔던 것입니다.

"조금 전엔 감사했습니다. 덕분에 살았습니다."

그러나 긴장감이 전혀 없는 것이 저라는 마녀였습니다.

"좋은 방이로군요. 비밀기지 같아요."

바닥에 앉혀진 저는 멍하니 방을 둘러보았습니다.

그곳은 침대와 테이블과 그리고 책장이 놓여 있는 것만으로도 비좁게 느껴질 만큼 소박한 오두막이었습니다. 아무래도 그녀는 잡동사니의 산속에서 여러 가지 것들을 조달하고 있는지, 책장에는 책과 인형, 그럭저럭 멀쩡한 접시와 평범한 돌멩이, 조화와 종잇조각 같은, 대체 어떠한 기준으로 주워 모은 것인지 이해하기 어려운 물건이 당당하게 진열되어 있었습니다.

그리고 제법 깔끔한 마법 인형의 몸이, 제 눈앞—— 테이블 아래에 채워져 있었습니다. 겉모습이 겉모습인지라 사체가 채워져 있는 것만 같은 혼란스러운 상태로 보였습니다.

"보는 눈이 있군요. 인간 씨. 이 방은 제가 오랜 세월에 걸쳐 주운 귀한 보물들을 모아둔 방. 그야말로 저의 이상향. 멋진 캐슬입니다."

"멋진 캐슬이라니 무슨 말입니까."

언뜻 봐도 별 가치가 없어 보이는 것들만 놓여 있습니다만…….

"그나저나, 인간 씨. 이름은?"

의자에 앉으며 그녀는 저를 내려다보았습니다.

"일레이나입니다. 여행하는 마법사입니다."

"흐음. 마법사입니까── 제 고향에도 당신 같은 사람이 많았죠. 그립습니다."

방문해본 적은 없지만, 아마도 화원의 테오메이아는 마법 기술이 발달한 나라일 테지요. 30년 전에 이미 눈앞의 그녀 같은 존재를 만들어냈을 정도니까요.

"당신은 마력으로 움직인다고 보면 되는 건가요?"

그런 것치고는 상당히 인간미가 넘치는 것 같은 느낌입니다만.

제 생각은 그녀에게도 바로 읽혔나 봅니다. 부서진 얼굴 일부를 새것으로 바꾸며 그녀는 말없이 고개를 끄덕이고 눈을 감았습니다.

"30년이나 이런 곳에서 살다 보면 감정 같은 것도 싹트는 법입니다."

그리고 그렇게 말했습니다.

혹은.

"그저 오랜 세월이 지나 망가졌을 뿐인지도 모르지만요."

그렇게도 말했습니다.

"그나저나 이거 풀어줬으면 좋겠는데요."

망가졌다는 것은 겉모습만 보아도 충분하고도 남을 만큼 알 수 있었습니다만, 제가 잡힌 이유는 전혀 알 수 없었습니다.

"그건 불가능한 요청입니다. 인간 씨."

"일레이나입니다."

"그렇지 않아도 고향 사람들이 제 목숨을 노리고 있는데, 최근 들어서는 당신 같은 외부인까지도 이 폐기물 처리장을 찾아오는 지경. 서둘러 이곳을 포기하고 도망치지 않으면, 나는 아마 당장에라도 이곳에 버려진 동료들처럼 되어버릴 거라고, 그렇게 생각하지 않습니까? 인간 씨."

"일레이나입니다."

"아무튼 저는 이곳에서 끝나고 싶지는 않습니다. 목숨을 구해 준 답례로——라는 건 아니지만, 협력해주시면 감사하겠습니다."

목적을 달성하기 위해서는 저 같은 신원을 알 수 없는 인간을 잡아야만 했다——라고 그녀는 이야기했으나, 저는 솔직히 그녀가 하고자 하는 일이 전혀 이해되지 않았습니다.

도망치고 싶다면 평범하게 도망치면 되는 거 아닌가요?

아니면 그렇게 할 수 없는 사정이 있는 것일까요?

어찌 됐든 위험한 순간에 그녀에게 도움을 받은 것은 사실입니다.

"제 명령에 마법 인형처럼 순종적으로 따르십시오. 알겠습니까?

인간 씨."

"일레이나입니다."

아무튼, 그녀의 작전이라는 것에 저는 귀를 기울였습니다.

마법 인형인 할베리 씨가 세운 작전이라는 것은, 아래와 같았습니다.

『우선 제게 걸린 현상금을 노리고 불량배들이 이 폐기물 처리장에 찾아옵니다.』

참으로 적절한 타이밍에, 이날 폐기물 처리장에는 저 이외의 방문객도 있었습니다.

"헤헤헤…… 어이, 친구. 이런 데 있는 인형을 박살 내면 돈을 받을 수 있다니 상당히 쉬운 돈벌이인걸." "정말 그렇다니까. 헤헤헤."

외모부터도 어쩐지 몹시 악랄해 보이는 2인조는 당당히 폐기물 처리장을 활보하고 있었습니다.

『불량배가 나타나면 저희가 그들 앞을 막아섭니다. 참고로 이때 당신은 밧줄로 꽁꽁 묶인 상태로, 밧줄 끝을 제 허리에 묶어둡니다.』

그런 연유로 그녀의 지시대로 했습니다.

사실 그녀의 몸은 조금 특수한지, 혼자만의 힘으로는 행동에 제약이 생긴다고 합니다.

『저는 도둑질하는 자에게서 이곳을 지키도록 고향에서 명령을 받은지라, 아무리 애써도 혼자 힘으로는 이곳을 나갈 수가 없습

211

니다. 동시에 해를 끼치지 않는 사람을 상처 입히는 일도 할 수 없습니다. 그런 식을 만들어졌습니다.』

아마도 저희 같은 외부인에게 의뢰를 한 것도, 자국의 국민에게 망가진 마법 인형을 상대하게 하고 싶지 않기 때문일 테지요.

그녀는 목숨이 노려지게 된 경위를 이렇게 이야기했습니다.

『이전, 화원의 테오메이아에서 관리가 찾아왔습니다. 그만 실수로 총구를 들이대고 말았습니다. 저는 놀랐습니다. 본래 마법 인형인 제게는 사람을── 특히 자국민을 상처 입혀서는 안 된다는 제약이 있기 때문이지요. 그런데도, 사람을 상처 입히는 선택을 했던 겁니다. 강한 감정과 총을 겨누지 않으면 안 된다는 의사가, 저를 제약에서 풀어주었던 겁니다.』

그러나 이러한 강한 의지라는 것은 그녀 혼자서는 어찌해도 발휘하기가 어려운 모양이었습니다.

그래서 저를 인질로 선택해.

"움직이지 마세요. 불량배 놈들! 알겠습니까? 당신들이 거기에서 한 발짝이라도 움직이면 이 여자의 아름답고 귀여운 얼굴을 날려버릴 겁니다!"

그렇게 협박함으로써, 그…… 뭐라고 할까, 그녀가 여기에서 나가지 않는 한 반드시 사람을 상처 입히는 결과가 되도록 꾸민다, 라고 합니다.

…………

아니 아니 아니 아니.

이 작전, 허점투성이 아닌가요?

불량배들로서는 저 같은 어디 사는 누군지도 모를 사람 하나가 죽은들 대수롭지 않을 테지요. 심지어 저와 함께 할베리 씨가 죽게 되고 말 가능성도 있습니다만.

"자, 잠깐! 아가씨, 성급하게 굴지 마!"

그러나 불량배들은 의외로 좋은 사람들이었습니다.

"이, 일단 그 흉흉한 건 내려놔. 응?"

얼굴 옆에 총구가 겨눠진 저와 "어이어이, 어서 길을 열라고" 같은 의미를 알 수 없는 언동을 반복하고 있는 할베리 씨를 번갈아 보며 두 사람은 허둥댔습니다.

"저는 여기서 나갈 겁니다. 알겠습니까? 제게 손가락 하나라도 대려고 했다간, 이 사람의 목숨은 없습니다. 알겠습니까?"

말하면서 저를 질질 끌고 가는 할베리 씨. 어찌하면 좋을지 몰라 망설였습니다만, 일단 인질답게 "꺄아 살려주세요" 하고 소리를 질렀습니다.

"크윽…… 이 얼마나 비열한 마법 인형인가……!" "이대로는 마녀님의 목숨이……!"

아니 뭐 목숨 같은 건 처음부터 전혀 위험하지 않습니다만. 그러나 할베리 씨의 작전을 방해할 수는 없으니, 일단 저는 "으아앙. 죽고 싶지 않아요" 하고 한심한 비명을 질렀습니다.

"후후후. 제가 자유의 몸이 될 때까지 그녀는 놓아줄 수 없습니다. 그때까지 잠자코 보고 있으세요."

질질 저를 끌고 가는 할베리 씨. 이제 그 걸음을 멈출 자는 아무도 없었고, 그녀는 그저 곧장 폐기물 처리장 구석 쪽까지 계속해서 걸어갈 뿐이었습니다.

그리고.

"이걸로 저는 자유——."

그녀가 폐기물 처리장에서 한 걸음, 내디디려 한 순간.

"…………."

딱 멈추었습니다.

무슨 일인가요? 제가 올려다보자 그녀는 하늘을 바라본 채 굳어졌고, 덜덜 몸은 떨렸고, 그 후 풀썩 쓰러지고 말았습니다.

"여, 역시 안 되나 봅니다……."

제 바로 옆이 쓰러진 할베리 씨.

"여기서 나가려고 하면, 언제나 이렇게 됩니다……."

이 폐기물 처리장을 지켜야만 한다. 사람의 목숨을 위협해서는 안 된다.

그러한 명령이 30년 전의 그녀에게 내려졌고, 그녀는 성실하게 명령을 지켜왔습니다. 아니, 그렇다기보다 지키지 않으면 살지 못했을 테죠.

"안 될 것 같나요?"

"우으으. 안 될 것 같습니다……. 저기, 매우 죄송합니다만, 원래 위치까지 저를 좀 옮겨주실 수는 없겠습니까? 인간 씨."

"일레이나입니다."

어쩔 수 없군요.

저는 그 자리에서 영차 하고 일어서서, 그대로 걷기 시작했습니다. 제게 감겨 있는 밧줄은 할베리 씨의 허리에 이어져 있기 때문에, 이번에는 제가 질질 끌고 가는 형태가 되었습니다.

갑작스러운 전개에 전혀 따라오지 못하는 두 불량배님에게는, 제가 여차여차 그녀에게 얽힌 사정을 설명해주었습니다.

그러자 선량한 불량배 두 사람의 반응은 다음과 같았습니다.

"하아아…… 당신도 큰일이겠네……." "뭐, 열심히 해. 이거 줄게."

제게 감겨 있던 밧줄을 나이프로 끊고, 거기에 더해 상당한 양의 휴대 식량을 나누어주었습니다. 저는 이런 쓰레기장 같은 곳에서 타인의 다정함을 접하고 남몰래 눈물을 흘릴 뻔했습니다.

"우으으. ……나는 휴대 식량을 먹지도 못하는…… 마법 인형이니까……."

한편 할베리 씨는 제 뒤편에서 엎드려 누운 채 떨고 있을 뿐.

"뭐…… 기운 내세요."

통, 저는 그녀의 어깨를 두드렸습니다.

"훌쩍훌쩍."

"우는 건가요?"

"아, 이건 기름입니다."

"괜찮은 것 같네요."

그리고 결국 선량한 불량배님들은 팔 수 있을 만한 폐기물을 몇 개 회수해서 돌아갔습니다.

여기서 문득 떠올랐습니다만.

"당신이 망가졌다는 건 정말인가 보네요."

"알 수 있는 건가요?"

엎드려 누운 채 고개만 드는 할베리 씨.

저는 주변에 쓰러져 있는 책장에 걸터앉으며 말했습니다.

"네. 그게, 방금 그 사람들에게 아무것도 안 했으니까요."

나눠 받은 휴대 식량 하나를 입에 넣으며 말했습니다.

"폐기물 처리장을 지킨다는 건, 절도 목적으로 이곳을 찾은 사람에게 총을 들이대는 것도 포함되어 있죠?"

그들은 당당하게 할베리 씨 앞에서 물건을 가져갔습니다. 그러나 그녀는 그러는 동안에도 훌쩍훌쩍 기름을 흘릴 뿐, 총을 드는 일 같은 건 없었습니다.

그녀가 맡은 일을 완수하는 마법 인형이라면, 그들을 그대로 놓아주는 일은 있을 수 없을 것 같았습니다.

그녀는 고개를 끄덕였습니다.

"이전의 저였다면, 그들이 여기에 있는 물건에 손을 댄 직후에 총을 쏘았을 겁니다. 그러나 지금의 저는, 자신에게 주어진 명령을 때때로 지키지 않게 되었습니다. 망가진 겁니다."

말하길, 그녀들 마법 인형은 주로 세 개의 명령에 의해 움직이고 있다고 합니다.

그녀는 우선순위가 높은 순서대로, 손가락 세 개를 접으며 그 명령이라는 것을 이야기해주었습니다.

우선 첫 번째.

"나라의 명령에 따를 것."

두 번째.

"첫 번째 명령을 어기지 않는 범위에서, 사람의 목숨을 지킬 것."

그리고 세 번째.

"첫 번째 명령을 어기지 않는 범위에서, 자신을 지킬 것."

그리고 그녀가 받은 나라의 명령은 단 하나. 이 폐기물 처리장을 지킬 것.

즉, 본래대로라면.

"저는 자신의 목숨이 다할 때까지 이곳에 머물러야만 합니다."

의무를 마친 마법 인형들이 모이는 이곳을 지켜야만 하는 것입니다.

그녀는, 일어서며, 말했습니다.

"여기는 제가 지켜야 할 장소인 동시에, 제 무덤이기도 합니다."

그녀의 시선 끝에는 주변 일대에 펼쳐진 마법 인형의 잔해들이 있었고.

그 사이에, 꽃이 하늘거리고 있었습니다.

○

30년 전.

화원의 테오메이아는 할베리 씨를 보면 알 수 있듯이 당시부터 상당히 기술이 발전된 나라였습니다. 폐기물조차 타국으로서는 가치가 있는 것인 경우가 많았고, 그런고로 화원의 테오메이아는 이 폐기물 처리장을 지키기 위해 마법 인형을 하나 배치했습니다.

그것이 그녀였습니다.

그녀는 한결같이 일했습니다.

숲에 흘러들어온 사람이 있으면 망설이지 않고 총을 들었습니다. 폐기물 처리장에 자리를 잡고 살려 하는 동물이 있으면 바로 쫓아냈습니다. 화원의 테오메이아에서 정기적으로 폐기물이 운송되어 올 때 이외에는, 그렇게 그녀는 자신의 방식으로 단 하나의 장소를 지켜왔던 것입니다.

폐기물 처리장으로 운반되는 것은 주로 역할을 마친 마법 인형의 잔해였습니다만, 가끔 잘 알 수 없는 것도 섞여 있었습니다.

그것은 예를 들면 책이거나, 혹은 식기류거나, 사진기거나, 축음기거나. 온갖 것들이 차례차례 보내졌습니다.

바깥 세계는 그녀에게 있어 미지의 영역.

"⋯⋯모르는 세계의, 모르는 물건."

그래서 흥미를 느꼈습니다.

이윽고, 폐기물을 손에 들게 되었습니다.

책에는 평화롭고 멋진 이야기가 쓰여 있었습니다. 식기류는 집어 던지면 좋은 소리가 났습니다. 축음기에는 어디 사는 누군가의 노랫소리가 담겨 있었습니다.

그녀는 시대에 버려진 채로도, 그저 홀로, 명령을 지켜왔습니다.

그러나 시간이 그녀를 바꾸어갔습니다.

어느 날, 그녀는 오두막을 세웠습니다. 잡동사니의 산속에 있는 것 중에서 마음에 든 물건을 그곳으로 옮겨두게 되었습니다.

그것은 사람이 보기에는 그저 잡동사니.

그러나 그녀에게는 무엇과도 바꿀 수 없는 보물이었던 것입니다.

"이 책은, 재밌어."

재밌다는 감정은 잘 알 수 없었지만, 그곳에 쓰인 내용을 그저 정보로 처리할 수가 없었던 것입니다.

"이 시계는, 멋있어."

멋있는 게 무엇인지 잘 알 수 없었지만, 그녀는 시곗바늘이 내는 소리에 흥미를 느꼈습니다.

"이 접시는, 던지면 좋은 소리가 나."

그런고로, 스트레스 해소용으로 가져왔습니다. 스트레스라는 개념을 그 무렵의 그녀는 이미 갖고 있었습니다.

"이 다람쥐는, 귀여워."

그래서 총구를 들이대지 않고 쓰다듬어 주었습니다. 차가운 손 위에서 자그마한 다람쥐는 간지러운 듯 눈을 가늘게 떴습니다.

아무도 없는 폐기물 처리장 안에서 그녀는 작디작은 왕국을 세워갔던 것입니다.

"나는, 혼자."

모르는 것들만이 운반되어 오는 바깥 세계에, 언제부턴가 그녀는 흥미를 느끼게 되었습니다.

그러나 그녀는 중요한 역할을 계속 지켜갔습니다.

그렇게 30년의 세월이 흘렀고.

그리고 지금으로부터 반년 정도 전.

폐기물 처리장에, 평소처럼 화원의 테오메이아에서 마차가 보내져 왔습니다.

아아, 오늘은 대체 어떤 보물이 기다리고 있을까── 그녀는 기대로 가슴 설레했습니다만.

"......?"

그러나 그날은 사정이 조금 달랐습니다.

마차가 폐기물 처리장 앞에서 멈추더니, 안에서 몇 명의 사람이 내렸습니다. 그것은 지난 30년 동안 처음 있는 일이었습니다. 평소엔 짐을 폐기물 처리장 안에 던져 넣고 그대로 돌아가 버렸으니까요.

그래서 내린 사람들이 곧장 그녀를 향해서 왔을 때는, 무언가 자신으로서는 이해할 수 없는 일이 벌어지고 있다고 바로 알았습니다.

"고생 많으십니다."

그녀는 일단 경례를 했습니다.

선두에 서 있던 사람은 그녀에게 마주 경례를 했습니다.

"소개하지. 이쪽은 폐기물 처리용 마법 인형이다."

손이 있고, 다리도 있고, 그러나 머리가 없는 마법 인형은 무거운 짐을 잔뜩 안아 들 수 있게, 임의로 팔을 네 개로 분리할 수 있도록 되어 있었습니다. 과연, 오랜 시간을 거쳐 그렇게 최적화된 모양입니다. 신형 마법 인형 씨는 말을 하는 일 없이, 할베리 씨에게 딱 한 번 인사를 했습니다.

"......!"

그녀는 두근두근했습니다. 처음 생긴 동업자! 가슴 설레며 친해지고 싶다고 생각했습니다.

"저기, 안녕하세요. 저는 폐기물 처리장의 마법 인형, 할베리라고 합니다. 서른 살입니다."

그래서 그녀는 신형 씨에게 슬쩍 다가갔습니다.

『………….』

무시당했습니다. 애초에 목 위가 없어서 어디를 보고 있는지도 파악할 수 없었습니다.

"당신 이름은?"

그래도 굴하지 않고 할베리 씨는 물었습니다.

『………….』

"응?"

무시인가요?

할베리 씨는 콕콕 손가락으로 찔러보거나, "들리십니까?" 하고 신형 씨의 주변을 어슬렁거려 보거나 했습니다만, 그래도 반응은 없었습니다.

아니 아니, 하지만, 그래도.

"신형을 투입하다니 대체 어떻게 된 겁니까?"

할베리 씨는 나라의 관리님에게 물었습니다. 폐기물 처리장의 일이라면 저 혼자서도 충분합니다만? 하고 생각했기 때문입니다.

그 말에 반응한 것은 신형 씨.

『………….』

치잉. 그런 무기질적인 소리가 울리더니, 직후에 신형 씨의 가슴께에서 한 장의 종이가 토해져 나왔습니다.

"말 대신에 그런 기능이!"

멋져! 라며 순수한 그녀는 우후후 하고 웃으면서 종이를 뽑았습니다.

그곳에는 단 한 문장이 적혀 있었다고 합니다.

말하길.

『까놓고 말해서 너 해고 같은데?』

요약하자면 이런 느낌의 문장이었다고 합니다.

"…………."

적혀 있는 문장의 의미가 잘 이해되지 않았습니다.

"응?"

고개를 갸우뚱했습니다. 마법 인형인 것치고는 이해력이 부족한 할베리 씨에게 관리님은 상냥하게 말을 걸었습니다.

"너의 폐기 처분이 정해졌다. 이제부터 우리나라로 가지고 돌아가 분해한다. 따라오도록."

"네? 잠깐──."

정말입니까? 폐기입니까? 저 이제 면직입니까?

그렇게 당황하는 그녀를 무시하고, 관리님은 동료들에게 명령해 그대로 그녀를 구속했습니다.

"싫습니다! 저 아직 더 일할 수 있습니다! 일할 마음이 넘칩니다! 더 일하게 해주십시오!"

그러나 관리님들은 무자비했습니다.

"시끄럽다. 30년 만에 이렇게까지 망가진 건가. 정말이지……."

"신형 씨! 도와줘!"

『무리입니다.』

신형 씨는 무미건조했습니다.

"그런 매정한!"

『무리입니다.』

신형 씨는 무자비했습니다.

"싫어, 잠깐——."

그리고 나라의 사람들에게 억지로 끌려가던 중에.

그녀 안에 있던 무언가가 끊어졌습니다.

그리고 잠시 암전. 정신을 차렸을 때는, 그녀의 눈앞에 잔해가 된 신형 씨가 굴러다니고 있었다고 합니다.

오랜 세월을 지나며 그녀의 몸에 깃든 감정. 분노가 폭주해버렸던 것입니다. 그 결과 신형 씨는 산산이 부서졌고, 그리고 나라의 관리님들은 "히이익! 망가졌어!"라며 모조리 도망쳐버렸다고 합니다.

그리하여 반년 전부터, 그녀는 나라에 목숨이 노려지는 처지에 놓였던 것입니다.

그때부터 일상은 조금 변했습니다. 변함없이 폐기물 처리장에는 헤매 들어온 사람과 짐승과 화원의 테오메이아에서 보낸 마차가 나타났습니다만, 그러나 그와 동시에 전투용 마법 인형이 보내지게 되었던 것입니다.

30년 전의 골동품에 가까운 물건이라 하나, 그녀는 전투를 고려해 만들어졌습니다. 신형이 상대라고 해도 그럭저럭 싸울 수 있었습니다.

그래도 소모전이라는 점은 부정할 수 없었습니다.

반년 동안 그녀의 몸은 너덜너덜해졌습니다.

"뭐, 그런 느낌으로 지금은 이런 꼴입니다."

오두막으로 돌아온 그녀는 어깨를 으쓱였습니다.

팔은 떨어지고, 얼굴도 다리도 너덜너덜. 지금은 스스로 수리하는 것조차 제대로 하기 어려웠습니다. 이대로는 조만간 숨이 끊어지게 될 테지요.

"그래서 서둘러 도망치고 싶었던 것입니다만—— 뭐, 결국은 이렇게 되었습니다."

마치 주술에 걸린 것처럼 그녀는 이곳에 사로잡혀 있었기에, 이대로라면 그녀는 죽음을 기다릴 뿐.

곤란하군요.

"하지만 방법은 아직 있습니다."

그녀는 대담하게 웃었습니다.

"지금 단계에서는 도망칠 수 없지만, 그러나 도망치기 위한 수단이라면 달리 또 있답니다. 인간 씨."

"뭔가요?"

그리고 일레이나입니다.

저는 의아해하며 눈을 가늘게 떴지만, 할베리 씨는 그런 저의 반응은 눈치채지 못한 채 "후후후" 하고 다소 국어책 읽는 느낌으로 웃은 다음, 말했습니다.

"제가 제가 아니게 되면 됩니다."

○

그녀가 지금도 이렇게 폐기물 처리장에 머물러 있는 것은, 그녀가 **30년 전에 폐기물 처리장의 관리를 맡았던 할베리 씨이기**

때문입니다.

그렇다면 몸을 모조리 새로운 것으로 바꾸어 다른 무언가로 변하면 되는 것입니다. 하지만 지금의 그녀는 한쪽 팔조차도 제대로 움직일 수 없는 상황. 그 정도로 엉망이었습니다.

그러니 타인의 손을 빌리고 싶은 것일 테지요.

"그래서, 우선 무얼 하면 되나요?"

"그러네요. 우선 먼저 팔을 고쳐줬으면 좋겠습니다."

스륵, 그녀는 겉옷을 벗으며 말했습니다. 마법 인형이기 때문인지, 외모상으로는 동성이기 때문인지, 딱히 망설이는 기색 없이 그녀의 맨살이 드러났습니다.

너덜너덜하고 상처투성이인 피부였습니다.

"지금의 저는 왼팔 어깨 아래가 없습니다."

그리고 내민 왼쪽 어깨 아래에는 몇 개의 낡은 선이 튀어나와 있었습니다.

"예비 부품도 이미 오래전에 바닥나고 말았습니다. 책상 아래에 다른 마법 인형의 팔이 있으니 그걸 연결해주십시오."

"……흐음흐음."

저는 그 말대로 책상 아래에서 마법 인형의 팔을 끄집어냈고, "……어떻게 연결하면 되나요?"라며 고개를 갸웃거렸습니다.

"빨간 선이 제 어깨에서 나와 있을 겁니다."

오호라.

"이건가요?"

잡아당겼습니다.

"후앗."

이상한 목소리를 내는 할베리 씨.

"……뭔가요?"

방금 그건 뭐였습니까?

"제 몸은 정밀하고 민감하니 거칠게 다루지 말아 주세요."

"아, 네……."

조금 성가시군요…….

하지만 뭐, 바라신다면 할 수 없죠. 조심스럽게 하면 되는 거지요?

저 이런 건 대부분 마법으로 해버리기 때문에 그다지 특기는 아닙니다만…….

일단 쓰다듬는 듯한 손놀림으로 만지며 저는 그녀의 어깨를──.

"하앗."

"……뭔가요?"

아니, 정말로.

"제 몸은 정밀하고 민감하니 그런 손놀림으로 만지지 말아 주세요."

"그런 손놀림이라는 건 뭡니까?"

"야한 손놀림입니다."

"말씀하시는 의미를 모르겠습니다만."

"부드럽지도 거칠지도 않은 절묘한 손놀림을 저는 바랍니다."

"주문이 많군요."

"연상에게는 사랑을 담아 대해주었으면 하고 바랄 뿐입니다."

"그런가요? 그럼 이건 어떤가요?"

"까악."

우으으, 그녀는 눈을 가늘게 뜨며 저를 바라보았습니다.

"혹시 일부로 그러는 겁니까?"

"제 사랑은 대체로 이런 느낌입니다."

"뒤틀렸군요……."

그녀의 몸에서 파손된 부위는 현재 왼팔만이 아니었고, 그녀의 말에 따르면 거의 온몸을 바꾸지 않는 한은 완전히 고쳐졌다고 말할 수 없다고 합니다.

더욱 성가시게도, 그녀와 같은 오래된 마법 인형에 맞을 법한 몸은 없고, 하나부터 다시 만들어내야만 하는 부위도 있다던가요.

그리고 유감스럽게도 아직 몸은 전부 모으지 못했다고 합니다.

그런고로.

팔을 고친 직후.

급하다는 듯이 잡동사니의 산을 뒤지는 할베리 씨와 저.

"후후후. 양손이 갖춰진 지금의 저에게 무서운 것 따윈 없습니다."

"아, 이 책 전에 읽은 적 있어요. 꽤 재미있는데, 할베리 씨는 읽어봤나요?"

잡동사니의 산을 뒤적이는 할베리 씨와 저.

"인간 씨. 진지하게 제 몸을 찾아주시겠습니까?"

"네. 그런데 할베리 씨. 그 손에 든 건 뭔가요?"

"접시입니다. 깨면 좋은 소리가 납니다."

잡동사니의 산을 뒤지는 할베리 씨와 저.

"할베리 씨. 알고 계셨나요? 이 풀을 꺾어서 불면 좋은 소리가 난답니다. 보세요. 삐익, 하고."

"와, 대단해! 다시 한번 보여주세요."

"삐이."

"대단해! 그런데 진지하게 찾아주시겠습니까?"

"삐이이……."

잡동사니의 산을 뒤지는 할베리 씨와 저.

"전혀 진전이 없네요. 인간 씨……."

할베리 씨는 먼눈을 하고 있었습니다.

"어째서일까요…… 이상하네요……."

저도 먼눈을 하고 있었습니다.

깨닫고 보니 해가 저물었고, 하루가 끝나려 하고 있었습니다. 결국 저희가 구한 것은 몇 개의 잡동사니와 깨진 접시와 뜯긴 풀뿐.

방을 청소하다가 도중에 그리운 것을 발견하고는 그만 무심코 시간을 너무 써버리고 말았을 때와 같은 허무함이 저희를 덮쳤습니다.

"내일의 저희에게 기대를 해보죠. 인간 씨."

"그러네요."

그리고 대략 이런 느낌의 대사를 뱉는 녀석들은 내일도 열심히 하지 않는다는 것을 저희는 알고 있었습니다만, 딱히 말하지는 않았습니다.

그날 밤은 그녀의 오두막에서 묵게 되었습니다. 상당히 어질러진 방이지만, 저 같은 사람 한 명이 잘 공간 정도는 있었습니다.

"후후후. 인간 씨는 불편하군요. 하루에 몇 시간이나 잠을 자야만 활동할 수 있다니."

밤이 깊어졌을 무렵, 제가 이불을 준비하는 사이에 그녀는 책을 펼치고 있었습니다. 상당히 오래전에 유행했던 오락 소설입니다.

"당신은 안 자도 괜찮은가요?"

이불을 덮고 누우며 저는 물었습니다.

"네. 몸의 부품을 교환할 때 일시적으로 기능을 정지시킬 뿐입니다. 그리고 바로 재기동할 테니, 그 시간을 잠든 시간이라고 한다면, 한 번에 30초 정도로군요."

"어머나. 상당히 유능한 일꾼이로군요."

"저는 마력으로 움직이니까요."

이러한 숲속에는 언제나 마력이 넘쳐납니다. 그러니 마력이 떨어질 위험도 없을 테지요. 정말로 목숨만 노리고 들지 않는다면 그녀와 같은 마법 인형에게는 아주 이상적인 환경이라고 할 수 있을 겁니다. 멋진 캐슬인지 어떤지는 제쳐두고.

"후후후. 인간 씨가 자는 동안에도 저는 새 책에 손을 댈 수가 있는 겁니다. 자는 시간이 없다는 것은 저희 마법 인형의 특권이 아닐까요?"

"그러게요."

하품을 하면서 저는 대답했습니다.

"하지만 게으름을 피우며 잠자길 바라는 것도 인간 씨의 특권이죠."

저는 이불을 덮고 그대로 눈을 감았습니다.

어두워진 세계 속에서 그녀의 목소리만이, 자장가처럼 부드럽게 울렸습니다.

"인간 씨는 잠자지 않아도 되는 몸이라는 게 부럽지 않습니까?"

"네, 뭐. 나름대로는요."

하지만.

"저는 잠들기 전에 뒹굴뒹굴하는 시간도 나름대로 좋아해서, 딱 잘라 말할 수가 없네요."

"……그런가요."

가라앉은 목소리가 돌아왔습니다. 이윽고 그녀는, 저에게도 들리지 않을 만큼 자그맣게 속삭이는 목소리로.

"저는 당신이 부럽습니다."

그렇게, 말했습니다.

그것은 그녀가 모르는 세계를 여행하고 있기 때문일까요? 아니면 몇 시간이나 쉴 수 있기 때문일까요? 아니면 다른 이유일까요?

그러나 제가 그녀의 말에 대꾸하는 일은 없었습니다. 그저 저는 조용하게 숨을 죽이고, 잠에 빠져든 척을 했습니다. 답할 말이 없었기 때문에 도망쳤던 것입니다.

이런 비겁한 방식도, 어쩌면, 인간 씨의 특권이라 부를 수 있지 않을까요?

○

다음 날부터는 그녀의 몸 수리와 병행하며 마법 폐기물 처리장을 지켰습니다.

그녀의 몸 수리를 위해서는 새로운 부품이 꼭 필요합니다. 하지만 이곳으로 운반되어 오는 부품은 전부 낡고 오래된 것들 뿐이라 그리 좋은 상태라고는 말하기 어려웠습니다. 게다가 폐기된 물건이 너무 많은 탓에 찾기 위해서는 상당한 시간이 필요했습니다.

이것 참, 곤란하군요. 이래서는 그녀를 고치기 위한 부품은 모으지 못하는 것이 아닐까요?

그러나 예상과 달리, 부품 문제는 의외로 간단히 해결되어 갔습니다.

낡은 부품 외에도 깨끗한 새 부품이 오기 때문입니다.

"으라차." 저는 지팡이를 휘둘렀습니다.

"에잇차." 할베리 씨가 총을 쏘았습니다.

저희의 시선 끝에는 어제와 마찬가지로 화원이 테오메이아에서 보내진 신형 마법 인형이 하나, 있었습니다.

단독으로 상대를 한다면 고생하겠지만, 2 대 1이라면 그다지 고전할 만한 상대도 아닙니다. 저희는 아침 식사 후의 가벼운 운동이라는 듯이 신형 씨를 부수고 부품을 회수했습니다.

그 후 저희가 무엇을 할지는, 말할 것까지도 없을 테지요.

"하앗."

수리입니다.

"이상한 소리 내지 말아 주세요."

이틀째인 오늘은 너덜너덜해진 다리를 고쳤습니다. 신형 씨의 다리는 디자인 면에서 다소 마음에 들지 않았는지, "이 다리는 섹시하지 않습니다" 같은 말을 지껄인지라, 바깥쪽은 할베리 씨의 스페어 부품을 쓰고, 안쪽 일부만 신형 씨의 것을 이용했습니다.

"여기저기에서 긁어모은 부품으로 만든 다리지만, 꽤 괜찮은 완성도네요."

완성된 후, 그녀에게 달아준 다리는 마치 인간의 것으로 착각할 만큼 아름다웠습니다. 만져보면 희미하게 말랑말랑해서 피부에 가까운 감촉이 느껴졌습니다.

"어라? 제 다리에 흥미가 있습니까? 인간 씨."

"…………."

저는 그녀를 올려다보았습니다.

보라색 머리카락을 살랑이며 그녀는 고개를 갸웃거렸습니다.

저는 답했습니다.

"조금 이상하다 싶어서요."

"뭐가 말인가요?"

"여기를 지키는 것을 명령받은 당신의 몸은 인간에 가까운데, 어째서 신형 씨의 몸은 인간과는 전혀 다른 걸까요?"

새로워졌다고 한다면 훨씬 인간에 가까운 외모일 거라고 생각했습니다.

그러나 30년의 세월을 지나, 화원의 테오메이아의 마법 인형들은 인간의 모습과는 전혀 달라지고 말았습니다. 현재는 인간과의 구별이 일목요연했습니다.

어째서일까요?

"사람과 마법 인형의 역할을 명확하게 구별하기 위해서입니다."

그녀는 단호한 말투로 답했습니다.

"마법 인형은 사람이 될 수는 없으니까요."

그러나 아마도 제가 본 바로는, 할베리 씨라는 마법 인형 씨는 지극히 인간에 가까운 존재인 것처럼 느껴졌습니다.

잡동사니를 수색하는 동안도 "아앗! 너무 멋진 접시!"라고 말하며 깨기 시작하거나, 그녀의 목숨을 노리는 사람이 오면 "여기서 물건을 훔쳐 가고 싶다면 나부터 쓰러뜨리세요" 하고 그럴듯한 대사를 내뱉으며 앞을 막아서거나.

그녀에게는 명확한 희로애락이 있는 것 같았습니다.

재미있는 책을 읽으면 그녀는 웃습니다.

"후후후" 하고 살짝 조심스럽게, 제가 잠들기 전에는 언제나 그녀가 책을 읽으며 웃고 있었습니다. 재미있나요? 하고 물으면 "저도 모르는 사이에 저는 미소를 짓고 있습니다. 이 감정을 재미있기 때문이라고 한다면, 이 책은 재미있다는 거겠지요"라는 조금 성가신 대답이 돌아왔습니다.

예쁜 꽃을 발견하면 그녀는 기뻐했습니다.

"이건 예쁩니다."

꺾는 일도 없이, 잡동사니 사이에서 자라난 꽃을 쓰다듬는 그녀의 눈은 자애로 가득한 것처럼 보였습니다.

망가져 목숨을 잃은 동료를 바라볼 때마다 그녀는 매우 가라앉았습니다.

"……고생 많았습니다."

이미 나라에서는 폐기물로 취급되는 동료의 마지막을, 그녀는 다정하게 위로했습니다.

"으라차!"

신형 마법 인형이 나타나면, 지금까지 그러해 왔듯이 주저 없이 총을 들이댔습니다.

주운 것과 자신의 손으로 망가뜨린 것에서 회수한 부품을, 그녀는 자신의 몸에 바꿔 달았습니다. 손상되었던 팔과 다리를 고친 다음은 그녀의 얼굴을 수리했습니다.

"어떻습니까? 인간 씨. 제 얼굴은 아름답습니까?"

후후후. 방금 생긴 얼굴을 이쪽으로 돌리는 할베리 씨.

"그러네요. 뭐, 그럭저럭이요."

그리고 저는 일레이나입니다만. 이제 그만 이름을 외워주었으면 합니다. 무리입니까? 그런 겁니까?

아무튼.

그런 느낌으로, 하루하루는 흘러갔습니다.

물건을 주워 모으고, 방문자인 마법 인형을 박살 내고, 패치워크처럼 새 부품을 그녀는 자신에게 채워 넣었습니다.

그녀에게서 나온, 이제 더는 쓸모가 없는 부품은 점점 쌓여갔습니다. 어쩌면 이 부품의 산을 잘 조합하면 눈앞의 그녀와 똑같은 것을 만들 수 있지 않을까? 하고 생각할 만큼.

그녀의 몸 수리는 그런 느낌으로 순조롭게 진행되었습니다. 지

©Azure

나치게 순조롭다고 말할 수 있을 만큼 순조로웠습니다.

"꺄아아아아아아아아아아아아아······!"

제가 그녀에게 협력하기 시작한 지 닷새가 지난 날의 일입니다.

평소대로 저와 그녀가 화원의 테오메이아에서 찾아온 신형 씨를 상대하고 있던 때, 그녀는 어째선지 갑자기 신형 씨에게 몸을 날려 육탄 공격을 했습니다.

콰앙, 하고 날카로운 소리가 울렸고, 그녀의 몸은 그 자리에 쓰러졌고, 머리가 슝 날아가고 말았습니다.

"괘, 괜찮은가요?!"

저는 허둥지둥 그녀의 머리를 캐치.

그리고 동시에 신형 씨를 마법으로 부수었습니다.

"상태가 너무 좋은 것도 생각해볼 일이로군요."

다행히, 그녀의 몸과 머리는 양쪽 다 무사했습니다. 떨어지기는 했지만 말이죠.

"뭐 하는 겁니까."

정말이지, 하고 저는 그녀의 머리를 끌어안고서 잡동사니 속에서 시체처럼 굴러다니고 있는 몸쪽으로 다가갔습니다. 아무래도 머리가 없으면 움직이지 못하는 모양입니다.

"몸이 가지고 있는 능력과 제 안에 있는 기억이 일치하지 않습니다."

그녀는 한숨을 내쉬었습니다.

"저는 그저 평범하게 달릴 셈이었습니다만······. 조정이 필요할 것 같군요."

"몸과 기억이 일치하지 않는다는 현상이 잘 이해되지 않는데요……."

"인간 씨로 예를 들자면 몸은 젊은데 머리는 매우 우수하다고 하는 상태를 뜻합니다."

"몸은 젊은데 머리는 우수……?"

그건 바로 제가 아닌지……?

"인간 씨. 자신과 자만은 다른 겁니다."

"당신 머리를 던져버려도 괜찮겠습니까?"

대략 그런 대화를 거쳐, 저는 그녀의 몸 앞에 도착. 에잇, 하고 던져버리고 싶은 충동을 억누르며 할베리 씨의 목에 머리를 올려두었습니다.

"고맙습니다……."

그녀의 몸은 헤어졌던 머리와 재회를 마쳤습니다만, 그러나 할베리 씨는 여전히 가만히 있었습니다. 어라라?

"왜 그러나요? 몸이 움직이지 않나요?"

"아뇨……."

그녀는 바닥에 누운 채로 고개를 저었습니다.

"힘 조절을 조정하고 있습니다. 잠시 기다려주십시오."

"아, 네……."

그런 말을 듣고 얌전하고 성실하게 기다리기로 했습니다. 심심풀이 삼아 저는 마법 인형의 잔해를 줍거나, 신형 씨를 발로 툭툭 쳐보거나, 아무튼 몹시 지루했습니다.

"…………."

이윽고 저는 지면에 드러누워 있는 그녀를 바라보았습니다. 망가진 신형 씨와 그 옆에 쓰러진 한 명의 여성.

그 광경에 왠지 모르게 기시감이 들었습니다.

이번에는 입장이 반대가 되어버렸습니다만, 분명 기시감이 들었습니다.

"오래 기다리셨습니다. 인간 씨."

그래서, 힘 조절 조정이 끝나 몸을 일으키려 하는 그녀에게 저는 손을 뻗었습니다.

"다친 데는 없으십니까? 아가씨."

그러자 그녀는 이상하다는 듯이 제 손을 바라보았고, 그리고.

"고맙습니다."

그렇게 대꾸하며 부드럽지도 거칠지도 않은 절묘한 손놀림으로 제 손을 잡더니.

"당신은 저의 은인입니다."

그런 말을 제게 했습니다.

이런 이런. 곤란하군요.

"아시나요? 제게 있어 당신도 그렇답니다."

그렇게, 시간은 흘러갔습니다.

○

닷새째 밤.

저는 평소처럼 하루의 끝을 이불 위에서 맞이했습니다.

"완성입니다——."

닷새나 있다 보면 그녀 몸의 예비 부품도 대부분 모이는 법이고, 마지막 부품을 이제 막 만들어낸 그녀는 툭 하고 테이블에 그것을 올려두었습니다.

"……그거, 어느 부분에 끼우는 건가요?"

보기에는 움켜쥔 주먹 정도의 무기질적인 물건. 그녀의 몸에 장착할 것이라는 사실은 명백했습니다.

"여기에."

그녀는 자신의 가슴을 가리켰습니다.

"이걸 바꾸면 제 부품은 전부 교체된 게 됩니다."

처음 만났을 때 그녀는 말했습니다.

——제가 제가 아니게 되면 됩니다.

그러면 이 폐기물 처리장에서 나갈 수 있지 않을까라고.

"지금 바로 바꿀 건가요?"

저는 침대에서 몸을 일으키고 그녀를 보았습니다만, 할베리 씨는 천천히 고개를 저었습니다.

"아뇨. 지금은 책을 읽고 싶습니다. 작업은 내일 아침에 하도록 하죠."

싸구려 의자에 앉아 그녀는 웃음을 지었습니다. 평소 습관일 테지요. 제가 자기 전에 그녀를 보면 그녀는 언제나 책을 펼치고 있었으니까요.

"그거, 재미있나요?"

그녀의 손에 있는 것은 눈에 익은 책이었습니다. 이전에 저도 읽은 적이 있습니다. 이 폐기물 처리장에 온 그날 잡동사니 산속에서 발견하고 그녀에게 추천했던 책입니다.

흥미를 느끼고 읽어준 것은 기쁘기 그지없는 일입니다만.

"이제 막 읽기 시작한 참이라, 모르겠습니다."

그녀는 고개를 저었습니다.

손에 든 책은 아직 초반 몇 페이지가 넘겨졌을 뿐. 이제 이야기가 막 시작된 참입니다.

"그런가요."

그렇다면 확실히, 모를 만도 하지요.

"감상, 기대하며 기다릴게요."

그럼 좋은 밤 되세요──하고 저는 이불을 덮고, 그대로 눈을 감았습니다.

그것은 언제나와 같은 광경이었습니다.

변함없는, 평소와 같은 광경이었습니다.

이 오두막에 온 이후, **그녀는 언제나 똑같은 책을 처음부터 읽고 있었습니다.**

마법 인형인 그녀에게 있어 몸의 부품을 바꾸어 다른 자신으로 바뀐다는 것은, 요컨대 지금의 자신을 버린다는 것일까요?

그녀가 첫날의 그녀와 달라지고 말았다고 확신하게 된 것은 이틀째의 일이었습니다.

신형 마법 인형 씨와 할베리 씨와의 차이를 물었을 때, 그녀는 단호하게 명확한 답을 제게 돌려주었습니다.

사람과 마법 인형의 역할을 명확하게 구별하기 위해.

마법 인형은 사람이 될 수 없다.

30년이나 되는 사이, 여기에서 나간 적이 없다고 했으면서 대체 어떻게 바깥 정보를 구한 것일까요?

아마도 새 몸의 부품에서.

그녀는 부품을 바꿈으로써, 그렇게 다른 자신으로 바뀌어갔던 것입니다.

그녀는 분명, 부품을 바꿈으로써── 자신이 다른 것으로 바뀌고 말았다는 사실을 깨닫고 있었을 터입니다.

그런 지금의 그녀에게는, 분명 저와 같은 인간 씨는 부러운 존재일 테죠.

잠들어도 완전히 똑같은 자신이 깨어나니까요.

그녀는 달랐습니다. 부품을 교체하고, 일시적으로 기능이 정지한다고 하는 30초가 지나면, 눈을 뜨는 것은 자신과는 다른 자신.

그녀에게 있어 잠드는 것은 죽음과 마찬가지입니다. 기억을 일부 이어받았다고 해도, 교체되어 바뀐 만큼 그녀는 자기 자신을 잃은 것입니다.

"자, 인간 씨. 이게 마지막 일입니다."

다음 날 아침.

할베리 씨는 자신의 가슴을 열고서, 말했습니다. 무기질적인 내용물이 드러났습니다.

"이 부품을, 바꿔주십시오. 그걸로 저는, 분명 자유의 몸이 될 수 있을 겁니다."

"…………."

그녀가 살아남기 위해서는, 이곳에 오래된 부품들과 많은 추억을 두고 가야만 했던 것입니다. 그렇게 해야만, 그녀는 살 수 있었던 것입니다.

"알았습니다."

저는 고개를 끄덕이고, 그녀의 가슴으로 손을 뻗었습니다.

닷새 동안이나 작업을 돕다 보면 익숙해지는 법이라, 저는 그녀의 심장 부분을 빼내고, 그대로 바로 새 부품을 끼워 넣었습니다.

순식간에 작업은 종료.

그리고 그녀는 30초간 눈을 감았고.

이윽고 깨어났습니다.

"안녕하세요. 인간 씨."

그녀는 웃었습니다.

저는 답했습니다.

완벽하게 똑같은 미소를 지으며.

"일레이나입니다."

결국, 마지막까지 제 이름을 기억해주지는 않았군요.

○

그로부터 한 달의 세월이 흘렀을 무렵에, 저는 화원의 테오메이아로 향했습니다.

과연 마법 기술이 눈부시게 발전한 나라라는 것은 아무래도 사실인지, 제가 방문한 찻집에서는 신형 마법 인형들이 말을 나누는 일 없이 가게 안을 오가고 있었습니다.

저는 테라스석에서 혼자 신문을 읽으며 커피를 마셨습니다.

『그쪽 뉴스에 관해 관심이 있으십니까?』

목 윗부분이 없는 마법 인형 씨는 제 앞에 멈춰서더니, 가슴께에서 그러한 글이 적힌 종이를 꺼내 보였습니다.

손에는, 예의 폐기물 처리장에 관한 기술이 있었습니다.

"……네. 뭐, 그렇습니다."

『괜찮다면, 제가 내용 설명을 해드릴까요?』

어라 어라.

"혹시 그것도 이 가게의 서비스인가요?"

『맞습니다.』

"……좋은 서비스로군요."

『영광입니다.』

제 옆에 선 신형 마법 인형 씨는 그리 말하고서 종이를 뽑아냈습니다.

말하길.

이 나라에서 위험시되었던 폐기물 처리장의 마법 인형은 한 달전 어느 날, 갑자기 망가진 상태로 발견되었다고 합니다.

몸 여기저기, 부품 하나하나, 꼼꼼하게 조각조각 부서진 상태로, 폐기물 처리장 한가운데에 놓여 있었다고 합니다.

할베리라 이름 붙여진 구형 마법 인형의 파괴를 이웃 여러 나라에 의뢰했었으니, 아마도 떠돌아다니던 누군가가 남모르게 그녀를 처분했을 테지요.

그러나 이상하게도 그녀를 파괴한 인간은 그로부터 한 달 동안 한 번도 나타나지 않았습니다. 상금으로 금화 백 닢을 준비했음에도 아무런 소식도 없었습니다.

결국, 파괴한 인물에 대한 수수께끼를 남긴 채, 나라는 새로운 마법 포대를 설치하기로 정했다──라고 합니다.

『구형 부품을 모아서 재기동을 시험했습니다만, 신기하게도 이 구형은 두 번 다시 기동하지 않았다고 합니다. 지금은 잔해가 폐기물 처리장에 놓여 있습니다.』

이상이, 점원 씨에 의한 한 달 전 경위의 설명이었습니다.

『뭔가 의문은 없으십니까?』

점원 씨는 물었습니다.

저는 고개를 갸웃거렸습니다.

"당신은 이 기사에 대해── 이 낡은 타입의 마법 인형 씨에 대해 어찌 생각하시나요?"

『어찌, 라는 건?』

"어째서 이 마법 인형은 두 번 다시 깨어나지 못하게 되었다고 생각하나요? 괜찮다면 당신의 의견을 들려주세요."

『저는 의사를 갖고 있지 않습니다.』

대답은 하지 못하는가 봅니다.

"……그렇겠죠."

『질문은 이상입니까?』

"네."

제가 고개를 끄덕이자 역할을 마친 점원 씨는 그대로 제 곁에서 물러나 업무로 돌아갔습니다. 할베리 씨처럼, 의견을 말하는 일은 없었습니다.

조금 유감스럽기는 했지만, 그래도 점원 씨와의 대화로 한 가지 안심한 것도 있었습니다.

한 달 전의 일입니다.

"──일단, 바꾼 부품은 전부 이 주변에 두도록 하죠."

그녀가 폐기물 처리장을 나가기 직전.

저는 잡동사니투성이인 광장 안에서 교환을 마친 낡은 부품을 정성스럽게 조각조각 부수어 주변에 흩뿌렸습니다.

"……? 무얼 하는 겁니까?"

할베리 씨는 "응? 신종 괴롭힘입니까?"라며 얼굴을 찌푸렸습니다. 아뇨 아뇨, 그럴 마음은 없습니다.

"당신이 죽은 것처럼 속이는 겁니다. 사체가 있으면 고향의 인간에게 쫓기지 않을 테죠."

원래 화원의 테오메이아 사람들이 그녀를 파괴하려 한 것은 그녀가 이미 망가지고 말았기 때문입니다. 사체도 없이 어느 날 갑자기 사라지고 말았다고 한다면, 당연히 망가진 그녀가 주변 나라들에 위해를 가하지 않도록 구석구석 찾아다닐 겁니다.

"죽음을 위장하는 겁니다."

진짜 할베리 씨는 아직 죽지 않았습니다.

하지만, 죽은 것으로 해두는 편이 상황적으로 낫습니다.

"과연. 그건 명안이군요. 인간 씨."

흐음흐음, 그녀는 제 작업을 바라보며 짝하고 손뼉을 쳤습니다.

인간 씨, 인가요?

"바깥 세계에서는 제대로 사람의 이름을 외우도록 해주세요. 일일이 사람을 만날 때마다 인간 씨라고 부르다가, 좋지 않은 녀석들에게 주목을 받을 수도 있으니까요."

평범하게 바깥 세계를 둘러보고 싶은 거라면, 평범을 가장하는 것이 제일입니다.

"걱정할 것 없습니다. 바깥 세계에서는 그러한 행동은 하지 않습니다. 인간 세계에서 그러한 행위를 하면, 인간이 아니라는 사실이 소상히 밝혀지고 말 테니까요."

"하지만 제 이름은 불러주지 않는 거군요."

아니 딱히 상관없습니다만.

그러자 그녀는,

"부르는 편이 좋은가요? 일레이나 님."

고개를 갸웃거리며 간단히 제 이름을 불렀습니다.

………….

"외웠던 건가요?"

"당연합니다. 당신 이름을 잊는 일은 없습니다. 이름을 지금까지 부르지 않았던 건, 제 사정 때문입니다."

"사정인가요?"

뭔가요?

"닷새 전의 저에서 지금의 저로── 몸을 바꿀 때마다 반드시 지켜야 할 것이 전달되었습니다."

말하길.

"폐기물 처리장에서 도망칠 때 안내인을 해줄 선량한 여성은 인간 씨라고 부르도록, 이라고."

"…………?"

어째서 그런 묘한 일을 전달한 것일까요?

얼굴을 찌푸리는 제게 그녀는 전부 이야기해주었습니다.

"지난 닷새 동안 했던 수리 수는 저에게 있어서도 어떠한 결과를 불러올지 예측이 되지 않았습니다. 30년 동안의 모든 기록을 잃을 가능성도 있었습니다. 만약, 수리 중에 어떤 트러블로 당신의 이름을 잊어버리고 말았을 때, 당신에게 무례한 언동을 하지 않도록, 처음부터 이름을 부르지 않았던 것입니다."

그리고 그녀의 해명은, 이렇게 마무리되었습니다.

"저에게 있어 이번의 무리한 수리는, 미지의 영역이었습니다."

바깥 세계와 마찬가지로.

"………… ."

즉, 쓸데없는 걱정을 끼치지 않도록 하기 위한 배려였다는 것일 테지요.

저는 그만 책 내용과 함께 제 이름까지 잊어버리고 말았다고 생각했습니다만—— 그 탓에 조금 침울해지기도 했습니다만.

뚜껑을 열어보니 그저 그뿐인 이유였던 것입니다.

웃음이 나오는군요.

"아시나요?"

이별하려는 순간.

저는 말했습니다.

"그걸 인간 세상에서는 마음 씀씀이라고 한답니다."

말할 것도 없습니다.

인간 씨의 특권이죠.

"……기억해두겠습니다."

그리고 그녀는 폐기물 처리장에서 한 걸음, 내디뎠습니다.

미지의 영역으로, 한 발짝 들어섰던 것입니다.

하지만 분명 아무런 문제도 없을 테지요. 바깥 세계를 몰라도, 그녀는 마주하는 방식을 잘 알고 있으니까요.

"그럼, 이만 작별이네요."

그녀는 제게 말했습니다.

"그러네요."

고개를 끄덕이고서 문득 저는 뒤를 돌아보았습니다.

시선 끝에는 주변 일면을 가득 채운 마법 인형의 잔해들이 있었습니다. 역할을 다한 물건들이 변함없이 자리하고 있었습니다.

그 사이사이에서, 꽃이 살랑이고 있었습니다.

●

어느 나라를 한 명의 여행자가 걷고 있었습니다.

마을 사람들은 스쳐 지나갈 때마다 그녀를 돌아보았습니다.

아주아주 신비로운 분위기가 감돌았기 때문입니다.

머리카락은 보랏빛. 쇼트보브로 단정하게 잘랐습니다. 눈동자

©Azure

는 초록. 빛이 없는 눈동자였습니다. 나이는 20대 정도로 보였습니다.

입고 있는 것은 답답해 보이는 제복——이었던 것 같습니다만, 보기에도 끔찍할 만큼 너덜너덜하고 지저분하고 찢어져 있었습니다. 팔 아래가 통째로 찢어져 있거나, 배 부근이 그대로 드러나 있거나. 치마에 이르러서는 약간 위태로운 길이가 되어 있는 지경이었습니다.

한눈에 보아도 무참한 옷을 몸에 걸친 그녀는 등에 커다란 짐을 짊어지고 있었습니다.

마을 사람들은 그녀의 초라한 복장보다도, 그에 비해 아름다운 얼굴보다도, 오히려 그 등에 짊어진 것에 시선을 주었습니다.

그것은 그저 낡아빠진 시계이거나. 혹은 축음기이거나. 혹은 몇 번이고 반복해 읽은 책이거나. 접시거나.

그저 잡동사니로만 보이는 것들이 몇 개나 채워져, 가방에서 튀어나와 있었던 것입니다.

그러나 그녀는 그런 잡동사니를 자랑스레 짊어지고, 걸었습니다.

그런데 그녀가 그날 방문한 나라는 조금 치안이 나쁜 나라였습니다.

"뭐야! 아까부터 사과하고 있잖아!"

한 여성이 지면에 엉덩방아를 찧고서 남자를 올려다보고 있었습니다. 그 눈에는 두려움이 담겨 있었습니다.

맞은 걸까요? 그 뺨은 붉게 부어 있었습니다.

"사람한테 부딪쳐놓고 사과로 끝날 리가 없잖아. 안 그래? 너이 옷 어떡할 거야? 못 먹게 된 술은 어쩔 거냐고?"

여성 앞에 선 남자의 손에는 술병이 들려 있었습니다. 대낮부터 이미 거나하게 마셨는지 혀가 제대로 돌아가지 않았고, 공갈을 놓고 있는 지금도 여전히 술을 들이켜고 있었습니다.

"사실대로 말하자면 당신이 부딪친 거잖아? 이런 대낮부터 술이나 마시고——."

"뭐어? 시끄러워! 내가 언제 술을 마시든 내 마음이야!"

"……윽."

남자의 노성에 위축된 여성은 순식간에 기가 죽었습니다.

"그, 그럼, 돈을 줄게. 이제 그걸로 봐줘……."

"안 되겠는데. 돈으로는 해결 안 돼."

"그럼 어쩌라는 거야!"

그 말에 남자는 음흉하게 웃으며.

"그렇군. 그럼 일단 몸으로——."

그런 말을 꺼내려던 때였습니다.

——퍼억.

남자의 손에 있던 술병이 튕겨 날아갔습니다.

"……응?"

갑작스러운 상황에 놀라는 남자.

그 옆에는 어디선가 나타난 여행자가 서 있었습니다.

"다음은 이쪽을 날려주겠습니다."

아주 몹시 차가운 목소리를 남자에게 보낸 그녀의 손에는 라이플이 들려 있었습니다.

총구는 남자의 머리를 겨누고 있었습니다.

"……! 히, 히이익!"

남자의 얼굴에서 핏기가 단숨에 가셨고, 그리고 곧바로 "노, 농담이야! 딱히 아무것도 필요 없다고!"라고 지껄이며 양손을 들고 그 자리에서 도망쳐버렸습니다.

싱겁게 끝났습니다.

"…………."

여성은 멍하니 여행자를 올려다보았습니다.

"어라?"

눈앞의 여행자는 총을 넣고, 그리고 손을 내밀어 왔습니다.

아주 아주 예쁘고 아름다운 손이었습니다. 마치 빚어놓은 듯 흠잡을 데 하나 없는 아름다운 손이었습니다.

여행자는 그 너머에서 어색하게 웃으며, 말을 걸어왔습니다.

"다친 데는 없으십니까? 아가씨."

후기

각화 코멘트 ※스포일러 주의!

● 제1장『고급 레스토랑 피투성이 사건』

퍼핏을 낀 캐릭터를 처음 떠올리고, 이러저러하여 탐정이 되었습니다. 내용을 다른 장과 맞추기 위해 수정에 상당한 시간이 걸렸습니다만, 퍼핏 탐정 캐릭터는 이러저러하여 마음에 들게 완성되었습니다. 와인 씨의 가슴을 만진 이유는 5장을 읽으면 아마도 알게 되리라 생각합니다.

● 제2장『주목과 칭찬』

창작물만이 아니라 본래의 목적에 어울리지 않는 형태로 이상하리만치 고조되는 모습을 보였던 것은, 한순간 큰 주목을 모은다 해도 시간이 지나면 바로 사람들의 기억에서 사라지고 마는 법입니다. 주목을 받은 이유가 칭찬에서 비롯된 것인지, 아니면 다른 요인에 의한 것인지를 끝까지 지켜보고 싶네요.

● 제3장『그저 맛있는 고기를 먹고 싶을 뿐인 이야기』

이상한 사람이 이상한 일을 외치는 상황의 초반에는 사람들이 차가운 시선을 보낼 뿐입니다만, 오랜 시간이 흐르면 그 이상한 일은 이상한 일이 아니게 되어간다고 생각합니다. 계속해서 목소리를 냄으로써 찬동하는 자가 한 사람, 또 한 사람 늘어납니다. 그리고 깨닫고 보면 세상이 변하고, 처음에는 차가운 시선을 보낼 뿐이던 사람들이 이상한 사람이 되어 외칩니다.

●제4장 『새가 춤추는 집』

이 이야기를 떠올린 것은 중학생 무렵입니다. 아니, 분명 훨씬 더 전에 투고 사이트에 올렸던 적도 있는 이야기입니다만, 모처럼의 기회인지라 『마녀의 여행』의 한 장으로서 써보자는 생각에 이르러 쓰게 되었습니다. 그런데 새와 인간의 뇌는 비슷한 부분이 있다든가 뭐라든가.

●제5장 『달밤의 흡혈귀』

흡혈귀가 나오는 이야기는 이전부터 써보고 싶었습니다만, 아무리 발버둥 쳐도 진지한 이야기로 진행되었던 탓에 오랜 시간 묵혀두었습니다. 그리고 이야기상의 제약이 너무 많았습니다.

이 이야기 직후에 1장의 내용이 시작됩니다.

●제6장 『짐승』

옐로스톤 국립 공원에서 늑대가 사람에 의해 사냥되어온 결과, 생태계가 무너지고 초식 동물이 늘어나 식물이 사라졌고, 연쇄적으로 생물이 사라져갔다고 합니다. 늑대가 다시 국립 공원에 방사된 것은 지금으로부터 20년 정도 전. 그 이후 국립 공원은 자연을 되찾았다고 합니다.

●제7장 『잡동사니 왕녀』

'테세우스의 배' 그리고 '중국어의 방'이라는 사고 실험이 이 이야기의 토대입니다. '테세우스의 배'는 요약하자면 '부품을 계속

바꾼 결과 원래부터 있던 부품이 하나도 남지 않았다면, 원래의 것과 동일하다고 할 수 있는가?'라는 것. '중국어의 방'은 이야기가 길어지니 검색해주셨으면 합니다만, 요컨대 인공지능과 인간의 대화를 간략하게 나타낸 것입니다. 이야기의 마지막, 할베리 씨는 상자 안에서 나가기를 선택했습니다.

이상. 각화 코멘트였습니다.

그런고로, 다시 한번 인사드립니다. 오랜만입니다. 시라이시 죠우기입니다.

해야 할 일이 늘어나는 한편, 마감만은 어째서인지 빨라진다고 하는 신기한 현상에 머리를 끌어안아 온 결과. 11권이 끝난 이 타이밍에 겨우 잠시 시간이 생겼고, 잠깐 여행을 다녀왔습니다. 현내의 시골 쪽에 다녀왔을 뿐이지만요.

바람에 흔들리는 나무들 아래, 나무로 된 벤치에 멍하니 앉아있고, 제철 생선을 먹고, 집에서 푹 잔다. 그런 하루를 보내고 왔습니다. 최고였습니다. 찻집에 들러서 책도 읽었습니다만, 그것도 또한 정취가 있었습니다.

이러한 이야기를 쓰면 마치 그날 하루가 완벽하고 멋지게 예정대로 흘러간 것처럼 느껴질지도 모르겠습니다만, 그러나 실제로는 전혀 그렇지 않았습니다.

그럼 실제 그날의 흐름을 보도록 하지요.

아이치의 모처. 그곳은 은어 소금구이와 고헤이모치(밥 꼬치구이)가 명물이라고 합니다. 벤치에 앉은 지 얼마 안 되었을 때, 모처에 사람이 슬쩍슬쩍 보이게 되었습니다. 그중에는 근처에서 운영되는 가게의 점주님 모습도 있었고, 마침 배가 고팠던 참이라 "신난다! 고헤이모치!" 같은 생각을 하며 가게로 들어갔습니다.

"저기, 영업 시작했나요?"

저는 기대로 부푼 가슴을 안고 문 안으로 들어섰습니다.

점주님은 저를 보더니, 한 마디.

"응? 아니, 아직인데……?"

"…………."

너무 일렀다…….

개점 시간은 제가 방문한 시간보다도 두 시간 정도 후. 명백하게 너무 빨랐다. 아무리 그래도 두 시간이나 기다릴 수는 없었고, 저는 은어 소금구이와 고헤이모치를 단념했습니다. 돌아오는 길에 본가처럼 안심감이 드는 찻집에 들러 멍하니 책을 읽다 "아, 그렇지! 은어를 슈퍼에서 사면 되잖아!" 하는 생각이 번뜩였습니다. 그야말로 발상의 전환! 직접 만들면 되잖아!

그래서 결과가 어떠했는가 하면, 은어는 그럭저럭 커다란 슈퍼에는 구비되어 있지 않았고, 대신에 꽁치가 다닥다닥 놓여 있을 뿐. 나중에 알아보니 은어 철은 초여름부터 여름까지라고 합니다. 그야 없을 만도 하지.

결국 저는 은어를 향한 마음을 저버리지 못한 채 꽁치로 타협했습니다. 그리하여 침대에 들어가 "흐윽…… 은어 먹고 싶어……"라고 생각하며 베개를 적셨던 것입니다. 전혀 예정대로가 아니었어.

뭐, 아무튼, 그래도 그날 하루가 의미 있었던 것은 분명했고, 다음에는 혼자 캠핑이라도 가볼까 합니다. 조용한 하루는 좋습니다.

일단 앞으로는 사전 준비만큼은 단단히 해두어야겠습니다.

그나저나 다른 이야기입니다만, 애니메이션화가 정해졌습니다. 『마녀의 여행』을 쓰기 시작했을 때는 아직 스무 살이었는데, 그때부터 일레이나 씨의 이야기가 애니메이션으로 그려지는 일은 저에게 있어 커다란 목표 중 하나였습니다. 그러나, 그런 것은 분명 라이트노벨 작가를 목표로 하는 사람 누구나가 꿈꿀 법한 일이고, 어떠한 과정을 따라가면 좋을지도, 다다를 수 있을지 없을지도 모른 채, 오랜 시간을 보내왔습니다. 분명 무리일 거라고 생각하면서도 쭉 목표해왔고, 방황했습니다. 드디어 이날을 맞이할 수 있었던 것을 그저 기쁘게 생각합니다. 정말로 지금까지 응원해주셔서 감사합니다. 앞으로도 잘 부탁드립니다.

애니메이션화 이야기가 진행되기 시작하고, 감독님 및 각본가님과 프로듀서님 등등 다양한 분과 만났고, 그때마다 저는 자신이 놓인 입장의 무게에 전전긍긍하며 대화를 나누었습니다. 모두 하나같이 대단한 분들뿐이고, 익숙하지 않은 현장에 쩔쩔매며, 그때마다 믿을 수 없을 만큼 많은 사람이 지금 이 작품을 위해 일하고 있다는 사실을 실감했습니다.

처음에는 소설가가 되는 꿈을 포기할 수 없어 기념적인 의미로 쓰기 시작한 이야기가, 지금은 많은 사람들이 자아내는 이야기가 되어주었다는 사실이 정말로 기쁩니다.

그리고 드라마 CD도 제3탄이 결정되었습니다.

제2탄 때 정해졌습니다만, 드라마 CD 안에서 그저 분위기를 띄우고 끝나버리는 캐릭터가 있다고 하는 상황은 아무래도 받아들이기 힘들어서, 모두에게 나설 자리를 만들어줄 수 있는 드라마 CD를 만들고 싶다고 생각하며 각본은 집필했습니다.

12권 부속인 제3탄도 그런 이야기가 되면 좋겠습니다.

……그러나, 저는 관광지에 너무나도 일찍 도착한 나머지 은어도 고헤이모치도 먹지 못하고 꽁치로 타협하는 그런 녀석인지라, 드라마 CD 제3탄 각본 집필 작업 때는 사전 준비를 철저히 하려고 합니다…… 아니, 정말로.

그런고로 감사 인사를.

담당 편집자 M님.

언제나 고맙습니다. 이번에는 정말로 시간이 없어서 폐를 끼쳤습니다만, 무리하게 재촉하지 않고 조용히 지켜봐 주셔서 감사했습니다.

아즈루 선생님.

원점 회귀인 표지였네요……. 여전히 대단해……. 1권 표지와 나란히 장식해두고 싶습니다…….

드라마 CD 제2탄에서 신세를 진 성우분들.

10권 때는 페이지가 부족해 인사를 전하지 못했던지라, 여기에 쓰도록 하겠습니다. 정말로 감사했습니다. 제3탄에서도 잘 부탁드립니다.

코미컬라이즈판 담당, 나나오 잇키 님.

언제나 감사드립니다. 최근에는 코미컬라이즈판 선전 트윗 등도 좀처럼 제때를 맞추지 못해 면목이 없습니다……. 한 명의 독자로서, 언제나 콘티부터 즐겁게 읽고 있습니다. 그리고 다른 이야기입니다만, 『약사의 혼잣말』의 차세대 만화 대상 수상을 축하드립니다!

이 작품에 관여해주시는 여러분.

애니메이션판, 코미컬라이즈판, 드라마 CD판, 그리고 이 원작. 미디어믹스를 통해 정말 많은 분들이 함께해주셔서 무척 기쁩니다. 앞으로도 함께 일할 수 있기를 바랍니다.

그럼, 후기는 이쯤 해서 마무리하겠습니다.

다음은 12권에서 만나 뵙겠습니다. 그럼 이만!

MAJO NO TABITABI 11

Copyright ⓒ 2019 by Jougi Shiraishi
Illustrations Copyright ⓒ 2019 by Azure

All rights reserved
Original Japanese edition published in 2019 by SB Creative Corp.
Korean translation rights arranged with SB Creative Corp., Tokyo
through Eric Yang Agency Co., Seoul.
Korean translation rights ⓒ 2021 by Somy Media, Inc.

[마녀의 여행 11]

2024년 1월 15일 1판 2쇄 발행

저   자 시라이시 죠우기
일 러 스 트 아즈루
옮 긴 이 이신
발 행 인 유재옥
이   사 조병권
출판본부장 박광운
담 당 편 집 정영길
편 집 1 팀 박광운 최서영
편 집 2 팀 정영길 조찬희 박치우 정지원
편 집 3 팀 오준영 이해빈 이소의
디자인랩팀 김보라 박민솔
디지털사업팀 박상섭 김지연 윤희진
라이츠사업팀 김정미 맹미영 이윤서
영업마케팅팀 최원석 박수진 박소연
물 류 팀 허석용 백철기
경영지원팀 최정연
인쇄제작처 ㈜코리아피엔피
발 행 처 ㈜소미미디어
등   록 제2015-000008호
주   소 서울시 마포구 토정로222, 403호 (신수동, 한국출판콘텐츠센터)
판매 및 마케팅 (070) 8822-2301

ISBN 979-11-384-0482-2
ISBN 979-11-5710-752-0 (세트)